裏切りのゆくえ

サラ・モーガン 作

木内重子 訳

ハーレクイン・ロマンス

東京・ロンドン・トロント・パリ・ニューヨーク・アムステルダム
ハンブルク・ストックホルム・ミラノ・シドニー・マドリッド・ワルシャワ
ブダペスト・リオデジャネイロ・ルクセンブルク・フリブール・ムンバイ

POWERFUL GREEK, UNWORLDLY WIFE

by Sarah Morgan

Published by Harlequin Japan, a Division of K.K. HarperCollins Japan, 2024

サラ・モーガン

イギリスのウィルトシャー生まれ。看護師としての訓練を受けたのち、医療関連のさまざまな仕事に携わり、その経験をもとにしてロマンス小説を書き始めた。すてきなビジネスマンと結婚して、2人の息子の母となった。アウトドアライフを愛し、とりわけスキーと散歩が大のお気に入りだという。

主要登場人物

ミリー・ディミトリアス……………農園の娘。
レアンドロ・ディミトリアス……………ミリーの夫。銀行家。
ベッカ…………………………………ミリーの姉。故人。
コスタス・ディミトリアス……………ベッカの息子。

1

大富豪の銀行家で女性たちのあこがれの的、レアンドロ・ディミトリアスは、ハリウッドの売れっ子女優をロンドンの高級タウンハウスに引っぱり込み、玄関のドアを叩《たた》きつけるように閉じて、待ちかまえていたカメラマンたちと雨を締めだした。

女優は目を丸くして笑い声をあげた。「あの人たちの顔、見た？　死ぬほどびびっていたわ。ボディーガードと一緒にいるより、あなたと一緒にいるほうが安全みたい。それに、あなたのほうが筋肉がついてるし」マニキュアを施した指先が硬く盛りあがった二頭筋の上をさまよう。「それにしても、なんで裏口を使わなかったの？」

「自分の家のまわりでこそこそしたくない。それに、きみは見られるのが好きだろう」

「見られたのは間違いないわね」そのことが明らかに彼女を喜ばせたようだった。「明日、あなたの記事が載らない新聞はないわよ」

レアンドロは眉をひそめた。「ぼくは経済面しか読まない」

「わたしが読まないページだわ」女優がため息をついた。「わたしがお金について知っているのは使い方だけ。反対に、あなたはお金の儲《もう》け方を知っている。だから、あなたはわたしの好みのタイプなの。ねえ、そんな怖い顔をしないで、笑ってちょうだい」思わせぶりにまつげを伏せる。「やっと二人きりになれたんだから。今夜はどうやって過ごす？」

レアンドロはジャケットを脱いで、椅子の背に投げた。「そんなことをきくなら、すぐに帰っていいぞ」

この発言に、腕にしがみついていた女優が楽しそうな笑い声をあげた。「わたしに向かって、あなたみたいに生意気な口をきく人はいないわ。それも、あなたのいいところよ。あなたは有名人に会っても舞いあがらない。わたしみたいな人間には、それがすごく新鮮なの」舌の先でつややかな唇をなぞる。「おやすみのキスをしてホテルへ帰ると言ったら、どうする？」

「勝手にしろ」レアンドロの蝶《ちょう》ネクタイがジャケットの上に舞い落ちた。「だが、そうならないことはお互いに知っている。きみもぼくもほしいものは同じだからな」

「すごく男らしいのね」女優は笑いながらレアンドロに燃える目を向けた。「先週のアンケート調査で、あなたは世界でいちばんセクシーな男性に認定されたのよ」

その話題にはうんざりだというように、レアンドロは何も答えず、女優の細い手首をつかんで階段のほうへ引っぱっていった。

女優は驚きながらも楽しそうに息をのんだ。「人にどう思われるかなんて、あなたはほんとにどうでもいいのね。その無関心なところにぞくぞくするのよ」カメラ向けにマスターしたゆっくりと腰を振る仕草で歩く。「わたしたちはとっても相性がいいわ。わたしにはわかるの」

「それは欲望というんだ」レアンドロは物憂く言った。

女優は問いただすような視線を投げた。「一人の女性と真剣につき合ったことはないの？　少しのあいだ結婚していたことがあるんでしょう？」

ほんの短い時間、レアンドロは黙り込んでから言った。「最近はいろいろと変化をつけるほうが好きになってね」

「わたしがいろいろと変化をつけてあげるわ」女優

は一本の映画で何百万ドルも稼ぐハスキーな声を出した。「それに、あなたについての噂《うわさ》が事実なのかどうか知りたくてたまらないのよ。女性を相手にすると、あなたがどんなに悪い男になるか」

「相手をする女性と同じくらい悪くなる」レアンドロはよどみなく言って、女優のほっそりした手首をしっかりつかみ、手を引いて階段をのぼった。「だから、きみにとってはラッキーな夜になるよ」

「それは楽しみだわ、ハンサムさん」女優はつやのあるふっくらした唇に笑みを浮かべ、レアンドロと歩調を合わせて廊下を進みながら言った。「壁に絵がたくさんかかってるのね。みんな原画なの？　わたし、偽物は嫌いよ」

「そりゃ嫌いだろうな」レアンドロは苦笑しながら、整形手術で豊かにした胸に目をやった。大ざっぱに見積もって九十パーセントは偽物だろう。二人で過ごした時間はまだ少なかったが、この女優が他人を演じるのに慣れきって、自分自身でいる方法を忘れてしまっているのはわかった。

それはそれで、かまわない。

薄っぺらな女のほうがいい。自分がどんな男性を相手にしているかわかっていて、それに応じて期待の大きさを調整できる女性なら。

スイートルームに入ったところで、女優はぴたりと足を止め、巨大なキャンバスを見あげて不満そうに鼻に皺《しわ》を寄せた。「やだ！　壁に飾ってあるのが裸の女性の絵だけだなんて。それに、あなたの趣味からすると、この人、かなり太めじゃない？」

有名なルネッサンス期の傑作に、レアンドロは視線をさまよわせた。「彼女が生きていたころは、肉づきのいいのがもてはやされていたんだ」

若い女優はみごとな筆づかいの作品をぼんやりと見つめた。「炭水化物を控えるってことを知らなかったみたいね」

「肉づきがいいのは富のしるしだったんだよ」レアンドロはつぶやいた。「食べ物が充分にあることを意味していた」女優が理解できないというぼんやりした目つきで絵画に近づいたので、レアンドロはその手首にまわした指に力を込めた。「さわれば、ロンドン警視庁の警官の半分がやってくるぞ」

「そんなに高価なの？」女優は抜け目のない視線をレアンドロに向けて、唇をなめた。「あなたがお金持ちだってことに、なんでぞくぞくするのかしら？　あなたのお金に興味があるわけじゃないのに」

「もちろん、興味はないだろうな」レアンドロはそっけなく言った。本当は、彼女をエスコートする栄誉に対して、たっぷり支払いをすることを期待しているのはよくわかっていた。「きみがぼくに関心を持つのは、ぼくがお年寄りや動物に親切だからだというのは知っているよ」

「わたし、やさしいところのあるタフな男性が大好きなの」女優はレアンドロの首に腕をするりと巻きつけた。「ねえ、気づいてる？　三回も夕食を一緒にしたのに、あなた、自分のことを何一つ話してくれていないのよ」

「気づいているかい？　三回も夕食を一緒にしたのに、きみは何一つ食べていない」個人的な問題から巧みに話題をそらせて、レアンドロはドレスのジッパーをすっとおろした。「言葉でいちゃつくのはもう終わりにしないか」喉を鳴らすような声でそう言い、手慣れた動作でドレスを肩から滑り落とした。やわらかな肉ではなく硬い骨に指が触れたので、かすかに眉をひそめる。

「この体をスクリーンで見るために、世間の人たちは大金を払うわ」女優はレアンドロの腕にそっと爪を立てた。「レアンドロ・ディミトリアス、それをあなたはただで手に入れられるのよ」

〝ただで〟とは言えない。レアンドロは彼女のイヤリングを見て思った。今夜、会ってすぐに買ってやったイヤリングを。「きみが体重で量り売りにされていなくて残念だよ。それなら金を使わないですむのに」

「それはどうも」その意見をほめ言葉と受け取ったらしく、女優は顔をほころばせた。「反対に、あなたは筋肉が重いから、女にひと財産使わせるでしょうね。あなたほどぐっとくる体をした男性には、今まで会ったことがないわ。それに、ものすごい自信家だし。ギリシア人だからかしら？」

「いや。それはぼくがぼくだからだ。ぼくはほしいものはこの手でつかまえる」レアンドロは女優の顎をつかんだ。「そして、用がなくなれば捨てる」

女優は官能的に身を震わせた。「ひと言もあやまらずにね。冷たくて、残酷で、目的に向かってひたすら突き進む……」

「それは、ぼくのことを言っているのかい？　それとも、きみのことかな？」レアンドロは女優の髪をとめていたダイヤモンドのピンをはずした。「どちらか迷うね」

「賭《か》けてもいいわ。あなたは人生で一度だって迷ったことなんかないでしょう」女優はほほえんで、レアンドロの下唇に指を這《は》わせた。「ねえ、あなたがあの赤ん坊の父親だっていう記事は本当なの？　最近、新聞にはそればかり載っているけど」

レアンドロがふいに緊張したのがわかった。「きみは同性愛者だと暴露したのと同じ新聞にか？」

「ええ、うちの事務所はきっぱり否定する声明を出したけど、あなたは何も言わなかったってところだけが違うけど」

「他人に自分の人生を釈明する必要を感じたことはない」

「それじゃあ、あなたの子どもじゃないの？　あなたのことを話して」

「ぼくのことを知りたいのか?」レアンドロは痛々しいまでに痩《や》せた体からドレスをそっと引きおろし、喉もとに唇を持っていった。「きみが心を差しだすなら、ぼくはそれを叩きつぶす。ぼくはそういう人間だよ」

女優はぶるっと身を震わせて顔を上げた。「怖がらせようとしても無駄よ」目の色が興奮で黒ずんでいる。「わたしは男らしい人が好きなの。とくに、その男性に繊細なところがあるときはね」

「ぼくに繊細なところなどない」とがった声でそう言いながら、レアンドロは女優の額に額を押しつけた。燃えあがる瞳を見つめているうちに、二人の息遣いが一つになる。「ぼくのベッドに入れば、すばらしいセックスを保証してやる。しかし、それだけだ。だから、ハッピーエンドを期待しているなら、きみは間違った道を選んだことになるぞ」

「ハッピーエンドは映画のためにあるのよ。昼間、映画の仕事をしてるんだから、夜はその場かぎりで生きるほうがいいわ」女優はボタンをはねとばしながらレアンドロのシャツを脱がせ、床に落とした。「すごい体ね。次の映画であなたに役をつけてあげる。さあ、来て」

レアンドロは女優を抱きあげてベッドに向かいかけたところで、その場に凍りついた。先客がいたのだ。

その女性はベッドに腰かけて、レアンドロをにらみつけていた。彼のドレスシャツに負けないほど白い顔のなかの、猛々《たけだけ》しく燃える青い目で。雨に濡《ぬ》れたらしく、薄いカーディガンは体に張りつき、湿って波打つ長い髪は赤い炎の舌のように肩の下までその先端を伸ばしている。

いま置かれている状況を考えれば、女性は哀れに見えて当然なのに、そうは見えなかった。怒っているようだった。目の光や顎を上げた角度が、穏やかな再会にはならないと警告している。

レアンドロにとって、それは驚きだった。彼女が怒るところを一度も目にしたことがなかったからだ。怒る能力があるのも知らなかった。二人のあいだにあったものに、争って勝ち取るほどの価値はないと彼女は考えていたのだ。

そう思ったとたん、レアンドロ自身の怒りがふつふつとわきあがった。

そのとき女優が悲鳴をあげた。「だれなの、この人？　わたしというものがありながら、どうしてほかの女性とつき合えるのよ？　わたしたちの関係はだれにも邪魔されない特別なものでしょう」

女優を抱えていたことにはっと気づいて、レアンドロは彼女を乱暴に床におろした。「ぼくはだれとも特別な関係になどならない」もう二度と。

「じゃあこの人は？」女優は目がまわるほど高いヒールの上でバランスを取って、レアンドロに敵意のある視線を投げた。「それを知っているの？」

「ああ、もちろん」レアンドロは自嘲《じちょう》の笑みを浮かべてベッドに座る女性を見つめた。「ぼくを信頼する気はないから。そうだよな、ミリー？」

ミリーの二つの目に激しくとがめだてる色がたたえられるのを見て、レアンドロは歯ぎしりした。かかってこい。胸のなかで挑発する。本当にぼくがそういう男だと思っているなら、立ちあがって、この目玉をえぐりだせ。そこにただ座っているんじゃなく。

しかし、ミリーは冷ややかに沈黙したまま座っていた。

女優が逆上した声を出した。「それじゃあ、この人を知っているのね。驚きだわ。あなたのタイプじゃないのに」意地悪く言ってドレスを拾いに行き、それを体に押し当てて戻ってくる。

女の悪意ほど、性的な欲求を急激に衰えさせるものはない。レアンドロはぼんやりと考えて、出来心で女優を家へ招いたことを後悔した。女優の言葉は、透けて見えるほど薄い肉から突きだしている骨と同じくとがっていた。

「それで？　この人をほうりだす気はあるの？」女優の声が甲高くなる。

レアンドロはそれには答えずに、しっかりとミリーを見つめかえした。声にならない言葉が二人のあいだを飛びかい、緊張で空気が張りつめて、部屋のなかに第三者がいることが忘れ去られたとき、どんと足を踏み鳴らす音がした。

「どうなのよ、レアンドロ？」

「いや。ほうりだす気はない」ミリーを手放すつもりはなかった。一年前に彼女が出ていって以来初めて、ちゃんと言葉をかわすまでは。

女優が信じられないというふうに息をのんだ。

「わたしよりびしょ濡れでセンスの悪い服を着たつまらない女を取るっていうの？」

レアンドロは冷たく値踏みする視線をデート相手に向けた。彼をよく知る人間は、その視線を向けられると恐怖におののく。「そうだ。そのほうがマットレスに倒れ込むときに安全だからな。骨も出ていないし、爪も長くない」

女優が息をのんだ。「こんな扱いを受けるなんて許せないわ！」オスカー級の演技で体をくねらせてドレスを着ると、怒って頭を振りあげる。「つき合ってる人はいないと言ったから信じたのに！」

レアンドロは黙ったまま、ベッドに座っている女性に視線を戻した。その瞬間、彼女とのベッドでの相性のよさが生々しい炎となって体のなかで噴きあがるのを感じた。それは根本的で原始的な炎だった。二人の結びつきはとても強く、制御したり理解したりする範囲を超えていた。そのことに気づいたらしく、ミリーが軽蔑《けいべつ》した表情で視線を引きはがした。

そのようすを見ていた女優は顔を真っ赤にした。「あなたの噂はぜんぶ本当なのね、レアンドロ・ディミトリアス。あなたは冷たくて残酷だわ。そのせいで、世界じゅうの男たちがほしがっているものを手に入れるチャンスを失ったのよ」

「なんだい、それは？」レアンドロは片方の眉をつりあげて挑発した。「平和と静けさか？」

女優は沸騰寸前のミルクのように怒りをたぎらせた。「なんですって！　今度ロサンゼルスに来ても電話してくれなくてけっこうよ。それから、あなた」ベッドの上の女性をにらみつける。「この人があなたを裏切らないと考えてるなら、どうかしているわ」

ダイヤモンドのイヤリングをちゃんとつけているのを確認すると、女優は部屋を飛びだしていった。

少しして、遠くで玄関のドアがばたんと閉まる音が聞こえ、二人は静寂のなかに閉じ込められた。


「泣くつもりなら出ていってくれ」レアンドロは物憂げな口調で言った。「寝室で待つことにしたのはきみなんだから、傷ついて当然だ」

「あなたのことで泣くつもりはないわ。それに、傷ついてなんかいない」ミリーはきっぱりと言った。「傷ついたのは昔の話よ」

それなら、ミリーはこの自分より前へ進んでいるということだ。レアンドロは顔をしかめてそう考えた。「どうしてここにいる？」

「わかっているでしょう。その……赤ちゃんに会いに来たのよ」

もちろん、そうだろう。ほかに理由があると考えるとは愚かだった。レアンドロは部屋を横ぎって入口まで行き、ドアを閉めた。メイドたちを信じてはいたが、この話はマスコミがずいぶん前から狙《ねら》っているおいしいねただ。連中は屋敷の外でよだれを垂らし、ごちそうにありつけるのを待っている。「どうやって警備員に見つからずにここへ入った？」

「わたしはまだあなたの妻なのよ、レアンドロ。あなたがそのことを忘れているとしてもね」

「忘れてはいないよ」平然とした目つきで、レアンドロはミリーを見つめた。「本当にいいタイミングを選んだものだ。おかげで、情熱的な一夜を過ごすはずの相手が、あのドアから出ていってしまった」

ミリーの華奢《きやしや》な肩がこわばり、背中が硬直した。

「きっとすぐに代わりが見つかるわ。いつもそうだもの」速い息遣いに合わせて胸が上下し、非難と苦悩で光るまなざしがレアンドロに投げかけられた。

レアンドロは部屋を横ぎり、小卓からウィスキーのボトルを取りあげた。「どうしてきみが怒るのかわからないね。結婚生活を放棄したのはきみだ。ぼくではない」

「まるで、我慢くらべだったみたいな言い方をするのね。あなたはわたしが思っていたよりずっと残酷な人だわ。あなたは……」ミリーは気持ちを抑えるように言葉を切った。「ものすごく無神経よ」

「ぼくはぼくの人生を生きている。それのどこが無神経なんだ？」レアンドロはウィスキーを注《つ》いだ。「ベッドにあきがあったから、それを埋めた。いまの状況を考えれば、そのことでぼくを責められないだろう。飲むか？」

「いいえ、けっこうよ」

レアンドロはグラスを掲げた。「アルコールは太るからとか、体重に気をつけているからとか言わないでくれよ」

「言わないわ。わたしは口に気をつけているの。あなたと言い争うためにここへ来たんじゃないから」

「それはそうだろう」レアンドロはグラスのなかの金色の液体をじっと見つめた。「きみは問題を話そうとしなかった。ぼくたちの関係に問題が起きたときも、それを解決することにまったく興味がなかった。うまくいかなくなったら、出ていくほうがずっと楽だからな」

「よくもそんなことが言えるわね。あなたが……」ミリーは口にするのも耐えられないというように言葉を切った。

「ぼくがどうした？」レアンドロの静かな声はミリーの激した声とは対照的だった。「はっきり言えよ、ミリー。さあ、ぼくがどんな罪を犯したのか聞こうじゃないか」

「わかっているくせに！　それに、その話をしにここへ来たんじゃないわ。あなた……あなたは……」ミリーは懸命に息を吸おうとしているようだった。

「きみも、いいかげん言葉をちゃんと最後まで言えるようにならないといけないな、愛する人《アガピ・ム》」レアンドロのうんざりした口調に思いやりはなかった。「ぼくは冷たくて残酷だ。そう言おうとしたんじゃないのか？」

「あなたになんか会わなければよかった」

「おやおや、子どもみたいなことを言うね」レアンドロはあくびを噛《か》み殺した。「ぼくはそうは思わない。短いあいだだったが、きみはベッドで思いがけない発見をさせてくれたからね。それに、間の悪いときに間の悪いことを言う才能には、かなり楽しませてもらったよ」

「事実を話す才能と言ってちょうだい」ミリーはまつげの下からレアンドロをにらみつけた。「わたしが育ったところでは、〝会えてうれしい〟と言えば本当にうれしいのよ。あなたの世界では、〝会えてうれしい〟と言っても本当はうれしくない。あなたのことが大嫌いでも、あなたにキスをするのよ」

レアンドロはグラスに氷を入れた。「それは社交の場でのふつうの挨拶《あいさつ》だ」

「見せかけだけのね。あなたの世界はなんだってそう！」ミリーはベッドから勢いよく立ちあがり、目に炎を燃えたたせてレアンドロに近づいた。「そのなかにわたしたちの関係も含まれていたのよ」

「結婚生活を終わりにしたのはぼくではない」

「いいえ、あなただわ！」怒りと痛みを感じながら、ミリーはレアンドロと向き合った。「出ていったと責めるけど、わたしがどうすると思ったの、レアンドロ？」声が張りあがり、悲しみで震えた。「気づかないふりをすると思った？　あなたの世界では、女性はみんなそうするんでしょうね。でも、そんなのはわたしが望んでいる結婚じゃない。あなたはほかの女性と寝た。それも、ただの女性じゃなく」息遣いが荒くなる。「わたしの姉よ。実の姉だわ」

レアンドロは眉をひそめた。「興奮しすぎじゃないか？」

「心配してるふりはやめて。心配なんかしていないことは、あなたの態度を見ればもう充分わかっているわ」ミリーは自分の体を抱いて、レアンドロの視線を受けとめた。

勇敢だ。レアンドロはミリーが突然見せた強さに興味をそそられながら、ぼんやりと考えた。たしかに、彼女は動揺している。しかし、降伏してはいないんじゃないか？　ミリーが心に鋼をまとっているとは知らなかった。

レアンドロはグラスを口元へ運び、中身を飲み干した。そして、目の前のテーブルに注意深くグラスを置いた。「別れた状況を考えれば、きみがここへ戻ることにしたのは驚きだよ」

ミリーはベッドのところへ戻り、その端にまた腰をおろした。戦意は失《う》せたようで、突然とほうもなく疲れて見えた。疲れて、雨に濡れ、打ちのめされている。「わたしが戻らないと考えてたなら、思ったよりわたしのことをわかっていないのね」

「きみのことはまったくわからない」わかったと思ったのは幻想だった。

「それはだれのせい？　あなたはわたしのことをわかろうとしなかった。そうでしょう？　わたしに関心がなかったのよ」ミリーは言葉をとぎらせて息を吸い込んだ。「わたしはあなたにふさわしくなかった。初めは、〝変わりだね〟だってところが気に入ったのよね。わたしは両親の農場で働いていた平凡な田舎娘だったから。でも、そういう珍しさにも飽きたんだわ。そうじゃない、レアンドロ？」

レアンドロは質問に答えずにじっと相手を観察していたので、ミリーの怒りが彼を意識する気持ちに変わる瞬間をはっきりと目にした。彼女の視線がブロンズ色のむきだしの肩に移ったのだ。そのとたん、まるで灯油に火をつけたみたいに二人のあいだで化学反応が起こり、爆発寸前の危険なレベルにまで達した。

ミリーがいらだたしげに目をそむけた。「そんなふうに見るのはやめてくれない、レアンドロ？　まるで、わたしたちのあいだが何も変わっていないみたいだわ」

「きみだってぼくを見ている」

「あなたが胸を出したままでいるからよ」

「気になるのかい？」

「いいえ」ミリーは腕をあたためようとするように両手でこすった。「もうあなたには何も感じないから」

「いや、きみはすごく感じているだろう、ミリー？」レアンドロは冷たく言った。「それが問題なんだ。きみはそんなふうに感じてしまうことがいやでたまらない。きみのような女性がぼくのような悪い男に引かれてはいけない。慎みのあることではないからな。そうだろう？」

「あなたに会いにここへ来たんじゃないわ」

「もちろん違うさ」レアンドロの辛辣《しんらつ》な口調にミリーがひるむのがわかった。「きみは結婚生活を続けるようなつまらないことのために、わざわざやってきはしない。そうじゃないか？　きみにとってはくだらないことだったんだから」グラスにまた酒を注ぐ。こんな気分をやわらげるには、あとどれくらいのウィスキーが必要なのだろう？

「酔っているの？」

「残念なことに、まだ酔ってはいない」レアンドロはグラスに目を据えた。「だが、酔おうと努力はしているよ」

「あなたはほんとにいい加減ね」

「いい加減になる努力もしている」レアンドロはグラスを口元へ運ぼうとして、ミリーのブーツの片方のソールが取れかかっていることに気づいた。彼女が外見にどんなにこだわっていたかを思いだして眉をひそめる。「ひどい格好だな」

「ハリウッド・スターにくらべたら、たいていの人はひどい格好に見えるのよ」ミリーが辛辣に言い放った。「すごくきれいな人だったわね」

「嫉妬《しっと》するのだけは、ぼくよりきみのほうがうまい」

「あなたはすごく意地悪だわ」

レアンドロの片手がいつの間にか拳《こぶし》に固められていた。「意地悪だって？　ああ、意地悪だよ」

「あの人を愛しているの？」

「個人的なことに立ち入るのか？」

「もちろん立ち入るわよ！　姉さんは……」声がうわずって、ミリーは咳払《せきばら》いした。「ベッカはあなたがあの女優とつき合ってることを知っていたの？」

ベッカの名前を出されて、レアンドロはウィスキーをボトルごと飲み干したくなった。「お姉さんが酒と薬でふらふらして衝突事故を起こしたのは、ぼくの責任だというのか？」

「あなたにふられたから、姉はお酒を飲んだのよ」

自分だけが知っていることに思いをはせて、レアンドロはそっけない笑みを浮かべた。「それはどうかな」

ミリーはベッドから勢いよく立ちあがって、レアンドロにつめ寄った。「死んだ人のことをよくもそんなふうに言えるわね。姉の精神状態がぼろぼろになったのがだれかのせいだとしたら、それはあなたよ」

そのときレアンドロは許しがたい罪を犯した。声をあげて笑ったのだ。この趣味の悪いユーモアの代価は高くついた。

頬を引っぱたかれたのだ。

自分のしたことが信じられないというようすで、ミリーは喉元を押さえてあとずさった。「あやまらなければいけないんでしょうけど、あやまらないわ。いちばんつらいのが何かわかる？　あなたがぜんぜん気にかけていないことよ。姉とのことでわたしたちの結婚をだめにしたのに、それをなんとも思っていない。あなたが姉を愛していたなら、わたしにも理解できたかもしれないわ。でも、あなたは体だけが目的だった」

「そういうことをお姉さんに話したのか？」

「ええ。話したわ。姉がアリゾナのクリニックに入ってすぐ会いに行ったの」ミリーは額をさすった。「姉はあなたに夢中で頭がおかしくなってたと言ったわ」

「お姉さんは自分が何をしているかしっかりわかっていたよ」レアンドロはきっぱりと言った。「きみのお姉さんが愛したたった一人の人間は彼女自身だった」

「ずいぶんひねくれた見方をするのね」

「ぼくはひねくれた男なんだ」

「それじゃあ、あなたは気にかけてもいなかった女性のために、わたしたちの結婚生活をめちゃくちゃにしたっていうのね？」

「ぼくは結婚生活をめちゃくちゃになどしていないよ、アガピ・ム」レアンドロはミリーの白い顔に視線を据えて、低い声で言葉の棘《とげ》をぐさりと打ち込んだ。「きみがしたんだ。きみ一人でね」

ミリーに手を上げたとしても、これほどショックを受けた顔はしなかっただろう。

「どうしてそんなことが言えるの？　わたしは夫が浮気をしているときに、気づかないふりをしていられるタイプの女じゃないのよ。とくに、夫が関係を持った相手が妻の姉ときてはね。あなたはベッカを妊娠させた。どうやってそれを見すごせっていうの？」ミリーは苦悩をあらわにして目をそむけた。「わからないのは、なぜかということよ。姉さんがほしかったのなら、どうしてわたしなんかにかかずらったの？」

レアンドロはその質問を宙に浮かせたままにした。ミリーは見たままを信じた。疑いを持たなかった。夫のことを気にかけていなかったから、疑いを持たなかったのだ。そう悟ったことで、レアンドロの口のなかに失敗の苦い味が残った。

成功で彩られた人生のなかで、ミリーはただ一つの失敗だった。

レアンドロは肩のこわばりをほぐした。その動きがミリーの注意を引き、硬く盛りあがった筋肉に目が向けられた。羽根のように軽い視線だったが、レアンドロはそれに反応して情欲が煮えたぎるのを感じた。自分のふがいなさに笑いだしそうになる。

ミリーは長いあいだ見つめたあと、下唇をぎゅっと噛み締めた。「レアンドロ、お願いよ」声が張りつめている。「シャツを着て。そんなふうに胸を出したままでいられたら、まともに話ができないわ」

「どうして？　ぼくの体が見えると困るのか、ミリー？」レアンドロはなめらかな口調でそう言って、シャツを拾いに行った。戻ってきてまたシャツの袖《そで》に腕を通したが、ボタンがすべてなくなっているのに気づいて、おおげさに両腕を広げて謝罪を示す。「さっきの彼女は、少しばかり熱くなりすぎていたようだな。これで我慢してくれないか？」

「わかったわ」ミリーは目をそむけて話題を変えた。「何日も前から新聞に記事が載っているわね。恐ろしいことに、あなたと姉さんとのことも、赤ちゃんがここへ連れてこられたことも、もう何もかも世間に知られてるのよ」声が震える。「あの子は……コスタスはどこにいるの？」

「上の部屋で眠っているよ」レアンドロはそっけなく言って、庭を見おろす窓のそばへ歩いていった。「クリニックの職員が赤ん坊を連れてきてね。きみの姉さんは息子を一人残して、ドライブに出かけたそうだ。コスタスはほったらかしにされて、泣いているところを発見されたと聞いたよ」怒りが、咆哮《ほうこう》する獣のように猛りくるっていた。感情を抑えるのはごく幼いころに身につけた技だったが、赤ん坊のことを考えると頭のなかがあっという間に黒い闇《やみ》に覆われた。「どう考えても、きみの姉さんには赤ん坊の母親になる資格がなかったようだな」別の場所にも、もう一人母親になる資格のない女がいた――過去と現在が危うく絡み合い、会話が危うい方向へ流れだそうとしているのに気づいて、レアンドロは話題を変えた。「なぜ、クリニックの連中が赤ん坊をここへ連れてきたと思う？」

「あなたが父親だというメモを、姉が残してたって聞いたわ。姉は赤ちゃんを家族と一緒にさせたかったのよ」

レアンドロはミリーの単純さに唖然《あぜん》として、いらいらした声で言った。「あるいは、きみとぼくが和解する可能性がないようにしておきたかっただけかもしれない」

「和解する可能性なんかなかったわ」ミリーはレア

ンドロを見ずに言った。「赤ちゃんのところへ行かせて。もう帰らなくちゃいけないのよ」

「帰るって、この真夜中にどこへ帰るつもりだ？」

「この近くのB&Bに予約してあるの」

「B&Bだって？」レアンドロが信じられないという顔をした。

「もちろん、コスタスも一緒に連れていくわ」

「それじゃあ、本気でお姉さんの赤ん坊を引き取って世話をするつもりなのか？　実の姉と夫の不倫の結果生まれたと言われている赤ん坊なんだぞ。きみの姉さんが嘘《うそ》をついたか、本当のことを言ったかは――」

「本当のことを言ったと思うわ」

レアンドロは口もとをこわばらせた。「どちらにしても、お姉さんはきみの結婚生活をめちゃくちゃにしたんだ。彼女はきみを傷つけた。それなのに、その赤ん坊を引き取ろうというのか？」

ミリーの華奢な肩がこわばった。「正直に言えば、姉のことは一生許せるかどうかわからないわ。姉はわたしの信頼を裏切った。でも、少なくともあなたに夢中だったのよ。そして、最後は心から後悔していた」

レアンドロが片方の眉をつりあげたが、ミリーは先を続けた。

「罪悪感が姉を鬱《うつ》状態に追い込んだんだわ。いろいろあったけど、姉にはあんなことになってほしくなかった……」声がわななく。「姉妹なのよ。それに、両親が罪を犯したからって、その子どもに責任はないはずでしょう。姉は死んで、あなたに赤ちゃんは育てられないから、わたしがコスタスをもらうわ。わたしと一緒なら、あの子は愛のある家庭を持てるもの」

「それじゃあ、夫の私生児を愛せるっていうんだな？」

「あの子のことを二度とそんなふうに呼ばないで」ミリーの瞳が燃えあがった。「あの子はまだ三カ月で、一人では何もできないのよ。だから、わたしにコスタスを引き取らせてちょうだい」

「相変わらず、きみは驚くほど考えが甘いな。うちの前には記者がひと固まりいるんだ。きみが赤ん坊を抱いてここを出たら、あいつらがどういう反応をすると思う？」

「あなたの評判がものすごく落ちると思うわ。でも、あなたはそんなこと気にしないわよね？　他人にどう思われるかなんて、気にしたことがないんだから。気にしていたら、こんな間違いを犯さなかったはずよ」

感情を抑える力が限界に達して、レアンドロは長い指の先を額に押し当てた。「この話はあとにしよう」ぴしっと言う。「頼むから、風呂に入ってくれ。きみはずぶ濡れだよ。それから、今度うちに入るときは、泥棒みたいにこそこそ庭から忍び込まずに、妻らしく玄関を使ってくれ」

「そんなことを言うけど、あなただって大スクープにされたくはなかったでしょう」

「記者たちがねたにはならないと気づけば、大スクープにはされなくなるさ」

ミリーはその言葉を気にとめなかったらしい。言葉の意味を問いただささなかった。「タオルを借りたら、すぐにあの子を連れていく。二人であなたの人生からいなくなるわ」

レアンドロは黙っていた。ミリーにはしばらく勘違いをさせておこう。

妻が戻ってきたのだ。

その妻をもう二度と出ていかせる気はなかった。

2

みじめさでぼんやりしたまま、ミリーは贅沢《ぜいたく》な広いバスルームの鏡の前に立っていた。タオルには手を伸ばさなかった。外見などどうでもよかった。ただ自分を見つめていた。

無理もない。ミリーはぼんやりと考えた。レアンドロが道を踏みはずしたのも無理はない。

レアンドロ・ディミトリアスは身長百九十センチのすばらしくハンサムな男性で、男らしい魅力にあふれている。それなのに、このわたしは？

平凡だ。あまりに平凡すぎる。

くしゃくしゃに縮れた髪を見つめて、それを伸ばしてつやのあるストレートヘアにするのに、毎日どのくらい時間がかかったか考える。去年のつらい出来事のあいだに体重は落ちたが、胸は相変わらず豊かで、ヒップは丸みがあった。

無理もない。夫が姉を選んだのは。

そのことを考えまいとして、蛇口をひねり、冷たい水を顔にかけた。すでに夫をほかの女に取られてしまったということは、もう別の人間のふりをしなくてもいいということだ。自分自身でいられる。何か失うものがあるだろうか？

何もない。

すでにすべてを失ってしまったのだから。

それなのに、またしても人生は行く手に新しい難題を投げ込んだ。自分の赤ん坊を持つという夢を捨てて、その代わりに、夫と姉の不倫の結果生まれた赤ん坊に愛情を注いで育てるのだ。

ふいに不安の波に襲われて、ミリーは手で口を覆った。赤ん坊に会って、憎く思えたら？　もしそうなったら、わたしはひどい人間ということね？

レアンドロとの再会はいやなものになるとわかっていたけれど、予想していたより百万倍もつらかった。

まるで予期していなかったのだ。結婚生活は終わっているのに、レアンドロがほかの女性といるのを目の当たりにして胸苦しさを感じるとは。さらに始末が悪いのは、レアンドロを忘れていないと思い知らされたことだった。

「ミリー？」レアンドロの荒々しい声が閉じたドアの向こうから響いて、ミリーは車のヘッドライトを浴びたうさぎのように凍りついた。怒られる理由がわからなかった。問題を解決してあげるのだから、感謝してくれていいはずなのに。彼の人生にもっとも必要のないものは赤ん坊なのだから。

さっきの女優の姿が頭にふと浮かんで、全身の力を奪った。少しのあいだ、動くことも考えることもできなくなる。

何を期待していたのだろう？　レアンドロが夜中に一人でこのわたしのことを考えているとでも？

「ちょっと待って」ミリーは両手の水を切って、そうありたいと望むような人物になれていることを願いながら、鏡に映った自分を見つめた。威厳を失わず頭を高く上げて、結婚生活から立ち去る強さがほしかった。赤ん坊の両親にどんなに傷つけられたにしても、その子の世話をして愛を注げる大人になりたかった。

ミリーは歯を食いしばって鏡から目をそむけ、バスルームの入口まで行ってドアを開けた。

レアンドロはドア枠にもたれていた。その目のなかの暗い光が機嫌の悪さを伝えていた。「三十分も何をしていたんだ？　なかへ入ったときとまるで同じ格好じゃないか。シャワーを浴びて着替えると思っていたんだ。少なくとも、タオルで拭《ふ》くぐらいはするとね」

「あの……着替えを持っていないから」

レアンドロが手を伸ばし、いらだたしげに顔をしかめて濡《ぬ》れた髪に触れた。「服を持ってこなかったのか？」

「スーツケースを電車に置き忘れたの」小声で言う。

「その……頭が混乱していて。でも、ロンドンには一泊しかしないつもりだから大丈夫よ」ミリーはもう一度怒りがわいてくることを祈った。怒りは難局を切り抜ける力を与えてくれる。怒りなしでは、極度の疲労しか感じられない。

レアンドロの手がだらんと落ちた。「きみの服はまだここに置いてある。それを着ろよ」

「わたしの服を取ってあるの？」ミリーは驚いてレアンドロを見あげたが、感情のない冷たい目で値踏みされ、寒気を覚えた。

「物を無駄にするのは嫌いだし、泊まり客があるときに便利だと思ってね」

言葉の棘《とげ》がぐさりと突き刺さり、以前レアンドロに負わされた傷と一緒になって痛んだ。なぜ、精神的な苦悩は肉体的な傷よりずっと根深いのかしら？

レアンドロは人生からミリーをあっさりと締めだしていた。

ミリーはわびしく孤独な日々や、流した涙のことを考えた。レアンドロはこのわたしのことを考えているか、二人の別れ方について気に病んでいると思い悩んで過ごした時間を。

いま、その答えがわかった。

レアンドロにとっては、それでよかったのだ。彼は苦もなく先へ進んでいた。つまり、わたしを愛していなかったということだ。つい出来心で結婚し、珍しいものとして妻を見ていた。不幸にも、そう長くはかからずに、珍しいものとしての価値は薄れた。

二人だけの小さな世界で暮らしていたあいだは、すべて快適だった。一緒にレアンドロの世界へ戻ったとき、問題が起こりはじめた。

〝彼をつかまえておけると本気で思っていたの?〟レアンドロが以前つき合っていた女性の同情するような質問が頭にこびりついて、どうしても止められない音楽のように響いた。

心を落ち着かせるにはくよくよ考えないことだとわかっていたので、ミリーは気力を振りしぼって尋ねた。「コスタスの面倒はだれが見ているの?」

「ベビーシッターを二人雇った。そんなことより服を着替えろよ」レアンドロがぶっきらぼうに言った。「きみに肺炎になられたら最悪だ」

「寒くないわ」

「それなら、なぜ震えている?」

レアンドロは本当にわからないのだろうか? 気持ちを理解してくれない彼を殴りたかった。レアンドロ・ディミトリアスのような人間には不安というものがわからないのだ。

二人の関係が終わった経緯についても、彼はまったく自分を責めていない。それどころか、ミリーに非があったと考えている。ほかの女性たちなら気づかないふりをしたのに、わたしはそうではなかったから?

「震えているのは……」ミリーはなんとかして当たりさわりのない言葉を見つけようとした。「いろいろと大変なことがあるからよ」

「大変なことだって?」レアンドロの官能的な唇が、精悍《せいかん》な顔のなかで険しい線を描いた。「きみはまだ大変なことを経験してもいないじゃないか、アガピ・ム。これから経験するだろうがね」

どういう意味かしら?

大好きだったのにその期待にこたえられなかった男性と二人きりにさせられたり、彼が別の女性とつくった子供の世話をしたりするより、もっとひどい状況に追い込まれるというの？　いまは、その難題がこのうえなく大変なことに感じられた。

暗く深い穴の縁であぶなっかしくバランスを取っているような気分になって、ミリーは深く息を吸った。レアンドロのあたたかな寝室にいるというより、北極にいるみたいに体ががたがた震えた。「甥《おい》に会いたいわ」

「いまは眠っている」口元を険しくして、レアンドロは寝室を横ぎり、ドレッシングルームへ入っていくと、しばらくして両手に服を持って現われた。「これを着ろよ。少なくともこれなら乾いている」

「わたしの昔のジーンズだわ」ミリーは顔をしかめた。「あなたに最初に会ったときに着ていた洋服ね」

「これから思い出に浸ろうというんじゃない」レアンドロが歯をきしらせて言った。「きみに濡れた服を脱いでもらおうとしているんだ。バスルームへ戻って、今度はちゃんと体を拭いてから出てくるんだ」

ため息をついて、ミリーはバスルームへ行った。自動的に明かりがついたので足を止め、この家へ初めて連れてこられたとき、それがどんなにおもしろかったかを思いだす。だれかが部屋に足を踏み入れると点灯する明かりや、センサーで管理された暖房システム。レアンドロは最先端の技術を生活のあらゆる面に活用していた。ミリーにとって、それは空想の世界に足を踏み入れたようなものだった。

その空想の世界がどんなふうに終わったかは考えないようにして、濡れた服を脱ぎ、冷たい肌をあたたかなタオルでこすって、レアンドロが渡してくれたジーンズと柔らかなグリーンのセーターを身につけた。そして、特大の鏡をのぞき込んだが、大富豪の妻のようにはまったく見えなかった。

バスルームから出ると、レアンドロと視線がぶつかった。「さあ、これで赤ちゃんに会わせてもらえる？　ちょっと見るだけでいいの」

難題を片づけてしまうために。けれども、やりおおせないのではないかと恐れる気持ちがいくらか残っていた。これは試験だ。合格するか落ちるか、どちらかわからない。

レアンドロがハンガーからタオルを一枚取って、ミリーの髪を拭きはじめた。「バスルームに二度も入ったのに、まだ髪がびしょびしょじゃないか」

髪を拭くレアンドロの手の動きに少し勢いがつきすぎたので、ミリーは顔をしかめた。髪がくしゃくしゃともつれはじめていることは考えないようにする。それがどうだというの？　いまのレアンドロとの関係を思えば、つややかで完璧《かんぺき》なスタイルに髪を整えたからといってどうなるというの？　ミリーの外見が問題になる時期はとっくに過ぎていた。

レアンドロがタオルをヒーター付きのハンガーに掛けた。「もういいだろう」

「ええ、期待どおりにならないのに、いくらがんばっても無駄だわ」ミリーが小声でそう言うと、レアンドロが苦々しく眉をひそめた。

「それはどういう意味だ？」

「なんでもない」自分の外見のことは忘れようと、ミリーは顎を上げた。「赤ちゃんに会いたいの」少なくとも、赤ん坊なら髪をブローしてあるかどうかなど気にしないだろう。

わたしはこの男性にはふさわしくなくても、赤ん坊には必要だと感じたから、ここへ来たのだ。あの子は愛されずに捨てられた。このわたしのように。

レアンドロはミリーと一緒に寝室を出ながら、物憂げな口調で言った。「会わせるが、起こさないでくれよ」

その発言に、ミリーは驚いた。赤ん坊を起こすか起こさないかなどということを、なぜレアンドロが気にするのだろう？　ミリーが子どもを連れて彼の人生から去っていくのをせつに願っているとばかり思っていたのに。

レアンドロのあとについて階段をのぼりながら、ミリーは眉をひそめた。「コスタスをできるだけ遠いところに置いてたのね」

「ぼくの寝室で眠らせるべきだと思っているんだろうね？」レアンドロの甘ったるい問いかけに、ミリーは頬を赤くした。

「いいえ、そんなこと思っていないわ。あなたの寝室ほど赤ちゃんに向かない環境はないもの」

レアンドロのたくましい筋肉質の体が、ほっそりとした美しい女優を抱えていた光景を追い払えずに、ミリーは壁にもたれて体を支えた。

何を期待していたのかしら？　別居したあと、もちろんレアンドロは女性たちと関係を持ったはずだ。レアンドロはとても精力的な男性で、謎《なぞ》めいた魅力に女性たちは引きつけられる。わたしがそうだったように。そして、姉が。

ミリーはうめいた。ふたりの結婚がうまくいくと考えるなんて、どこまでずうずうしかったのだろう？　二人が特別なものをわかち合っていると考えるとは、なんて世間知らずだったの？　初めて会ったとき、レアンドロにおだてられて美しくなった気にさせられ、しばらくのあいだ本当に自分は美しいと信じてさえいたのだ。

子供部屋に着くと、レアンドロはそこで立ちどまり、ドアを開けてミリーを先になかへ通した。

制服を着たベビーシッターがすぐに立ちあがった。「ミスター・ディミトリアス、坊やはとてもご機嫌が悪いんです」声をひそめて言う。「泣いたり、ミルクを飲むのをいやがったりして。いまは眠っていますが、いつまた目を覚ますかわかりません」

レアンドロが横柄に頭をひと振りして退室を促すと、若い娘はあわてて部屋から出ていった。

レアンドロは昔からこんなに怖かったかしら？　ミリーは考えた。出会ったときも、冷たくて威圧的だっただろうか？

たぶん答えはイエスなのだ。けれども、ミリーに対しては違った。レアンドロはいつもやさしくて機嫌がよかった。それも、ミリーを特別な気分にさせた理由の一つだったのだ。出会ったとき、ミリーは彼がどこのだれだか知らず、それがレアンドロを喜ばせた。

「きみの甥だよ」レアンドロに静かな声で言われて、ミリーはよけいな感情をすべてわきへ押しやり、忍び足でベビーベッドに近づいた。手のひらがじっとりと湿り、ほんのわずかだが吐き気がした。頭のなかで何度もこの場面を思い描いてきたのに、それは自分の夢とは似ても似つかない残酷なものに形を変えていたからだ。

いま、ミリーはレアンドロと一緒にベビーベッドの上に身を乗りだしていた。しかし、ミリーの夢に登場したのは自分の赤ん坊で、愛する男性といちばん身近な女性とのあいだにできた赤ん坊ではなかった。

苦痛が胸を引き裂き、体に力が入らず呼吸ができなくなった。〝いや〟とうめいたような気がしたが、赤ん坊は非の打ちどころのない目鼻をぴくりとも動かさずに眠っていた。

あまりにじっとしているので、ミリーは恐怖に襲われて、赤ん坊に触れようと無意識に手を伸ばした。強靭《きょうじん》な指が手をつかみ、ベビーベッドから引き離した。

「大丈夫だよ」レアンドロの男っぽい声が、ミリーの神経の末端をかすめた。「この子はいつもこんなふうに眠るんだ。そうちょくちょく眠るわけではないがね」

「まるで……」

「息をしていないみたいだろう。わかるよ」レアンドロが冷たい笑みを浮かべた。「ぼくも何度か同じ間違いをした。生きているかどうか確かめようとして、つついて起こしてしまったこともある。こいつはあらんかぎりの大声で生きていることを証明してくれたよ。そして、一度目を覚ましたらもう眠りたがらない。おかげで、こいつを抱いて三時間も家のなかを歩きまわらなければならなかったんだ」

レアンドロは赤ん坊を起こしてしまうほど、心配したのだろうか？　そして、この子と一緒に家じゅうをまわったというの？　その情景は、ミリーの知っているレアンドロとは結びつかなかった。

「あなたがそんなに赤ちゃんとかかわりたがるとは思わなかったわ」詰問しているようにも聞こえる言葉だった。自分の子どもではなくても、レアンドロは赤ん坊に関心を持つのか、と。

一瞬、二人のあいだで何かが燃えあがった。ミリーはレアンドロの目から視線を引き離して、赤ん坊に注いだ。胸がどきどきしている。レアンドロと一緒にいると、いつもこんなふうになる。ちらっと見られただけで膝ががくがくして、ほかのことはどうでもよくなるのだ。

しかし、どうでもよくないこともある。そのことを思いださせる人間はおとなしく寝ていた。伏せた黒っぽいまつげは羽毛のようで、黒っぽい髪はくしゃくしゃに乱れている。ミリーの気持ちがやわらいだ。ほっとしたことに、赤ん坊が心のなかにあるすべての感情を穏やかなものにしてくれた。「かわいそうに。ママが恋しいでしょう。こんな知らない場所で何をしているのかと思ってるのよね」レアンドロが奇妙な目つきで見つめているのに気づいて、頬が赤くなった。「ごめんなさい。眠っている赤ちゃんに話しかけるなんておかしいわね」

視線が絡み合った瞬間、レアンドロが二人で持てるはずだった子どものことを考えているのがわかった。それを想像するとあまりに心が痛んだので、ミリーは絶対に手に入らないもののことで自分を苦しめるのはやめようと決めて視線をそらした。「かわいいわね。あなたと同じ髪をしているわ」

「それなら、この子は神の奇跡の御業によって授かったんだな」レアンドロがぶっきらぼうに言った。

「きみの姉さんが母親だったことは保証できるがね」

ミリーはやっとのことで平気な顔をこしらえた。

「ベッカの頭のなかには、できないこととか、手に入らないものがあるとかいう考えはなかったのよ」

たとえ妹の夫でも、手に入らないとは思わなかった。

「あなたと同じで、自分自身に疑問を持たなかった。それが、あなたたち二人の共通点だわ」

「女王様だったんだな」

ミリーはレアンドロを見つめた。「そうね」

ほんの小さな子どものころから、ミリーは姉のそばにいると、その影に自分が隠れてしまうことに気づいていた。死んだあとでさえベッカの影は残り、結婚生活や人生を暗い雲で覆って光を奪っている。

「この子は眠らせておこう」レアンドロがミリーの背中を押して子供部屋の外へ連れだした。「食事はすませたのか？」

「いいえ」ミリーは答えながら、レアンドロはなぜ食べ物のことを考えられるのだろうと思った。「十二時を過ぎているのよ。すぐにB&Bへ行くわ」

「そんなところへは行かせない。きみとは話し合う必要があるし、ぼくにはコーヒーが必要だ。だから、キッチンで話をしよう」

反対するには疲れすぎていたので、ミリーはレアンドロのあとについて一階へおりていった。この家を最初に見たとき、キッチンにもまた驚かされたものだ。現代的なものと伝統的なものをうまく組み合わせた空間に、光を降り注ぐ大きなガラス窓がしつらえられている。その結果、緑豊かな庭が部屋の一部のように見えて、テーブルにつくとまるで戸外に座っている気分になった。

「倒れてしまわないうちに座れよ」レアンドロがエスプレッソ・マシンのところへ行って、豆を挽《ひ》きだした。

その音がずきずきする頭に響いて、ミリーは顔をしかめた。「コーヒーをいれるのに、相変わらず豆をがりがりするところから始めるのね」それはレアンドロについて学んだことの一つだった。彼は最上のものをほしがる。美術品でもコーヒーでも女性でも、完璧を求めるのだ。

そして、ほかのことと同様、キッチンでも有能だった。メイドを置いているのは、生活が異常なまでに忙しいからで、家事ができないからではない。たまには自分でしたがるときもある。

レアンドロのシャツの袖《そで》はまくりあげられていたので、動くたびに腕の筋肉が収縮するのが見えた。強いわ。ミリーは彼を見つめて思った。彼は肉体も気持ちも強い。生来そなわったそうした強さは、圧倒的な魅力の一部になっている。レアンドロは人々を従わせ、導く男性だ。女性を引きつける男性なのだ。

「コスタスがここへ連れてこられたことを、どうして教えてくれなかったの？」ほかのことを考えようとして、ミリーは頭に浮かんだ質問をした。「なぜ、そのことを新聞で読むまで知らずにいないといけなかったのかしら？」

「きみはぼくを捨てたんだ」ぶっきらぼうに言って、レアンドロはカップに手を伸ばした。「きみが興味を持つとは思えなかった」

その一撃をやわらげるために、ミリーは椅子の背を握り締めた。「どうして、そんなにわたしに腹を立てているの？　わたしには心当たりがまるでないわ」

返事はなかったが、一瞬レアンドロの手が止まったので、聞こえたのはわかった。しばらくして、彼は空のカップを取りあげた。「飲むか？」

「いいえ、けっこうよ。あなたがいれるコーヒーは濃すぎて、眠れなくなるわ」飲まなくても眠れるわけではないけれど。アドレナリンが麻薬のように血管を駆けめぐっていた。ミリーは歩きまわりたかった。それとも、泣きたいのだろうか？

レアンドロは漆黒の液体で小さなカップを満たしてから、キッチンを横ぎってテーブルのところへやってきた。「よし、話し合おう」カップをテーブルに置き、手近の椅子に座って脚を伸ばす。ボタンが引きちぎられたドレスシャツの裾《すそ》がはだけて、平らなブロンズ色の腹部があらわになった。

ミリーは視線をまっすぐ前に据えて尋ねた。「何を話し合うっていうの？」

「きみには退屈なおしゃべりになるよ。最後まで我慢できればだがね。きみはいつ卒倒してもおかしくない顔をしている」

ミリーも椅子に腰かけた。心はぼろぼろで、まともに考えることもできなかった。「大丈夫よ」

「疲れた顔をしているじゃないか。来ると知らせてくれればよかったんだ。プライベート・ジェットで迎えに行かせたのに」

「あなたの世話にはなりたくないの」ミリーは椅子の上で背筋をまっすぐに伸ばした。「でも、赤ちゃんのために買ってくれたものは別にしてもいいかもしれないわね。二台目のベビーカーや何かを買うのは無駄だもの。明日になったら、わたしはコスタスを連れてあなたの人生から出ていくわ。だから、あなたはお仕事に戻っていいのよ」

「話したいのは、コスタスのことではない」レアンドロはエスプレッソを飲んでから先を続けた。「話したいのは、ぼくたちのことだ」

レアンドロが見つめているのを感じて、ミリーの心臓がいっそう速く鼓動を打ちはじめた。じろじろ観察されて、落ち着いて座っていられなくなる。

「そんなことになんの意味があるの？」

「意味はある」

「どうして？　わたしたちはもう関係ないのよ。話すことなんて何もないわ」なぜ、レアンドロは昔のことを蒸し返したがるのだろう？　すべてを思いだしたら、耐えられるかどうかわからなかった。

「きみは約束したんだよ、ミリー。あの小さな村の教会で誓いを立てたんだ」レアンドロがゆっくりとカップを置いた。「それなのに、きみは出ていった。〝富めるときも、貧しきときも。病めるときも、健やかなるときも〟そう誓いを立てたのを覚えていないのか？」

ミリーは顎を上げた。「誓いは立てたわ。〝いっさいほかに心を移さず〟ってね」

「きみにそこを突かれるのではないかと思っていたよ」レアンドロがミリーの視線をとらえたまま、深く息を吸った。「ぼくたちのことを話すのに、なんの意味があるのかときいたね。説明しよう。きみはぼくの妻だ、ミリー。ギリシア人にとって、結婚は拘束力のあるものだ。その日の気分でしたりやめたりするものではない。永遠に続くものだ」

「レアンドロ……」

「ミリー、きみが自分から戻ってきたからには」レアンドロの口が引き結ばれ、目が怪しくきらめいた。

「ずっとここにいてもらうよ」

3

ミリーは口もきけずに座っていた。レアンドロの突然の宣告に唖然《あぜん》として、息をするのもやっとだった。気づまりな時間がしばらく続いたあと、言葉の意味が衝撃を受けた頭に染み込んできた。

そのとたん、ミリーはぱっと立ちあがり、キッチンの向こうの端まで歩いていった。動揺が激しすぎて、じっとしていられなかった。「あなたのところへ戻ると思っているの？　出ていったことで、わたしを責めてるの？」

「そうだ」レアンドロの口調はとげとげしかった。

「わたしに赤ちゃんを連れていかせないってことね。それでわかることは一つだけよ」

レアンドロがあたたかみのない笑い声をあげた。

「一点、忠告させてほしい。一枚の絵には、よく観察すれば、最初に見たときより深い意味があるものなんだ」

「あなたがなぜそんなにコスタスを守ろうとするのか、わたしにわかる理由は一つしかないわ」

「きみに商売をさせてはいけないな。その視野の狭さは失敗につながる」レアンドロは手ごわい敵だった。頭がよく、理路整然と意見を述べ、経験を積んだ交渉人の余裕で口にされた言葉を論破する。「コスタスと一緒に出ていかせると、本気で考えていたのか？　人は赤ん坊に対して大きな責任を負わなければいけない。きみのこれまでの実績を考えれば、とてもコスタスを渡せない」

「わたしの実績ですって？」

「障害に出くわしたとたん、人生から逃げだした」

あまりに不当な非難に、ミリーは息をつまらせた。

「姉さんとあんなことをしておいて、わたしに何を期待していたの？　祝福しろとでも？」

「きみはぼくの妻だ。信じてもらえると期待していたよ」レアンドロも精悍《せいかん》な顔を険しくこわばらせて立ちあがった。「二人ですべてをわかち合ったのに、結婚の誓いを立てたのに、どうしてあんなにあっけなく、ぼくは最低の男だと思い込んだ？　あの夜、きみはこっそり出ていって、二度と連絡をよこさなかった。あのときのいきさつを尋ねもしなかった」

「わたしが見たものが何かはわかっていたわ」

「きみは、お姉さんがきみに見せたがっていたものを見たんだ」

「姉にも責任の一部があるのはわかっている。でも――」

「一部ではない」レアンドロの口調は荒々しかった。「全部だ。きみはお姉さんにはめられて、吹き込まれた嘘《うそ》を信じたんだ。きみがぼくよりお姉さんを信じたことにひどく腹が立って、ぼくは出ていったきみをほうっておいた。それが間違いだった。それは認めるよ。きみのあとを追うべきだったんだ。きみをベッドに縛りつけて、真実を示してやるべきだった」

「もうやめて！」ミリーは両手で耳をふさいだ。「取り返しのつかないことなのに、どうしていまさらそんなことを言うの？」

「しなければならない話だからだ。ぼくに対して感じているといったあの気持ちはどうした、ミリー？　それとも、あれはみんなここでの生活を手に入れるための嘘だったのか？」

それを聞いて、ミリーは笑いだしそうになった。ここでの生活が問題だったのだ。しかし、レアンドロには理解できないだろう。「ここでの生活なんてどうでもよかったわ」

「本当に？　どうでもいいにしては、服をそろえるのにたっぷり時間をかけていたな」

思いもよらない解釈で事実をねじ曲げられて、ミリーは呆然《ぼうぜん》としてレアンドロを見つめた。この人は何もわかっていない。「あなた、いま言ったばかりでしょう。一枚の絵には別の意味があるって」

「買い物は買い物だ」辛辣《しんらつ》な口調だった。「別の意味を見つけるのはむずかしい」

ミリーはやっと小さく首を振った。「あなたの望みどおりの女性になるように努力していたのよ」

「いったいそれはどういう意味だ?」

わかりきっているじゃない? いま、ミリーは化粧もせずに髪をくしゃくしゃにして、大昔のジーンズをはいてレアンドロの目の前に立っている。アメリカ製の大型冷蔵庫のぴかぴかの表面に、欠点だらけの自分が映って見えた。「わたしはあなたの好みのタイプじゃないわ。わたしたちは出会って一カ月もしないうちに結婚して、お互いのことをわかってなかった。結婚は間違いだったのよ」

「どのあたりが間違いだったんだ?」レアンドロが喉の奥から荒々しい声を出して近づいてくると、ミリーを壁際に追いつめた。「ぼくの体の下で、泣いてぼくの名前を呼んだあたりか?」

ミリーは硬い太腿の筋肉が押しつけられるのを感じた。「レアンドロ……」

レアンドロがミリーの髪に手を差し入れ、顔を仰向かせた。「それとも、ひっきりなしに何度も何度ものぼりつめたあたりかい? それが間違いだったと思っているのか?」

「やめて。お願いだから」ミリーはレアンドロの胸を押しのけようとしたが、すぐに後悔した。両手がなめらかな筋肉に当たり、男らしい胸を指でたどらないようにするには意志の力を総動員しなければならなかった。

「ぼくの肩に頭をのせて眠ったときは、間違いだらけの夢を見ていたのか?」

何より大切な思い出がぱっとよみがえり、ミリーは目を閉じて涙をこらえた。まぶたの裏が熱くなる。レアンドロと過ごす夜はいつもすばらしかったが、ほんの少し重荷でもあった。彼のような男性が自分のような女性を求めるはずがないという考えを捨てきれなかったからだ。それでも、終わったあとのひとときーーレアンドロに抱かれて、頭上で甘い言葉をささやいてもらうひとときは、いちばん好きな時間だった。そのときだけはおとぎ話が現実になるのではないかと思えた。

「ぼくを愛していると言ったとき……」レアンドロの声はしわがれ、髪に差し込まれた手に力がこもった。「そう言ったのは間違いだったと考えていたのか? あれはみんな嘘だったのか?」

「違うわ」

二人の視線がぶつかった。その瞬間、ミリーはキスされるのではないかと思った。レアンドロの口が空中で停止し、引き締まった顎の筋肉がぴくぴくと震え、黒い目が危険な光を放つ。まるで崖《がけ》っぷちに立つ人間みたいだった。

しかし、すぐにレアンドロは崖っぷちからあとずさり、ほかの男性たちと一線を画す並はずれた自制心を示した。「きみは自分が何を望んでいるかわかっているとは思えないね、ミリー。だから、コスタスを連れていかせるわけにはいかないんだ」焼けつくような視線を投げ、ミリーの手首をつかんでまたテーブルのところへ引っぱっていく。「座れ」

「レアンドロ、わたしはーー」

「座れと言ったんだ。話はまだ終わっていない」いままで聞いたことがないほどの棘々《とげとげ》しい口調に、ミリーは驚いた。「どなるなら、聞かないわ」

「どなってなどいない」

レアンドロが気持ちを落ち着かせるように息を吸

い込んだので、ミリーは椅子に腰かけながら、なぜ彼はこんなに怒っているのだろうと考えた。

「きみはぼくの言い分も聞かずに出ていった」レアンドロは低く太い声で言った。「きみが信頼してくれなかったせいで、二人でわかち合ったものが消えてなくなってしまった。だが、きみの姉さんがどんなに巧みにきみを操ったかはわかっている。きみの言うとおり、ぼくたちはお互いのことをよく知らなかった。知っていれば、きみはあんなにあっけなくぼくを疑わなかっただろう」

「わたしは見たのよ」ミリーは小声で言ったが、レアンドロの視線は揺らがなかった。

「何を見たんだ、ミリー？　きみの姉さんが裸になって、ぼくと一緒にプールにいたところか？」

呼び覚まされた記憶が鞭《むち》の一撃のように、ミリーに襲いかかった。「わたしの妄想だと言おうとしているの？」

「そうではない。きみに絵の残りの部分を見てもらおうとしているんだ。ぼくは裸だったか？」答えを求める口ぶりだった。「お姉さんと愛し合っていたか？」

「いいえ、あのときは。でも――」

「ベッカが裸でプールにいたわけを、ほかに何か思いつかないのか？」

「思いつかないわ」

その答えに、レアンドロはいらだたしげにうなり、ギリシア語で何かつぶやいた。「もしかしたら、お姉さんはきみが考えていたとおりの人ではなかったかもしれないじゃないか」

「本人が釈明できないのに、姉のことをそんなふうに言うのは卑怯《ひきょう》よ。それに、姉のことを責めるけど、あなただって聖人じゃないわ」

レアンドロがゆがんだ笑みを浮かべた。「自分を聖人だと思ったことはない」

「あなたには悪い噂《うわさ》があるわ。わたしと出会う前、きれいな女性と次から次へとつき合って、だれともなんの約束もしなかった」ミリーは約束をした自分はなんてばかだったのだろうと思って、唇を噛《か》んだ。「あなたは一人の人とつき合い続けるのが苦手なのよ」

強靭《きょうじん》な肉体を緊張で震わせて、レアンドロは天井をにらみつけた。ようやく顔を戻したときには黒い目が火山のように燃え、椅子に座ったミリーにのしかかるように立つ姿は威圧的だった。

「きみには一つのイメージしか見えていない。だから、絵の残りの部分を見せてやろう。一度しか言わないからよく聞け」

「脅すのはやめて」ミリーはレアンドロが息をのむのを見て満足した。

謝罪のつもりなのか頭をさげて、レアンドロは口調をやわらげた。「わかってくれ。わざわざこんな説明をするのは、きみがぼくの妻だからだ。ほかの者に対して、こんなことは絶対にしない」

ミリーはもう妻の役目は果たしていないと指摘したかったが、言葉はからからになった喉に引っかかって出てこなかった。

「ミリー、ぼくを見ろ。ぼくはきみの姉さんと寝ていない。ぼくたちの短くて不幸な結婚生活のなかで、きみを裏切ったことはない。あの赤ん坊はぼくの子どもではないんだ」

ミリーの心臓が跳びはねた。信じたかった。しかし、そのとき姉のことを思いだした。「ベッカが嘘をついたっていうの？」

「そうだ」

ミリーは呆然とレアンドロを見つめて、いま言われたことを考えた。突然、信じ込んでいたことのすべてが空に投げだされた。まるで、だれかが特大のジグソーパズルを落として、完成していた絵が見えなくなったみたいだ。「二人のうちのどっちかが、嘘をついているのよ」

「どっちを信じる？　生きている夫か、死んだ姉か？」

選択を迫られて、ミリーの頭がずきずきしはじめた。「初めて学校へ行った日、手をつないでいてくれたのはベッカだったわ。数学の宿題を手伝ってくれたのも、お化粧の仕方を教えてくれたのもベッカだった。人生の階段をのぼるたびに、ベッカはそばにいて助けてくれたのよ。その姉がわたしの夫と関係を持ったと考えるだけでぞっとするのに、今度は、それはぜんぶわたしを傷つけるための作り話だったっていうの？」

レアンドロの沈黙は千の言葉より多くを物語っていたので、ミリーはため息をついた。

「どう考えても、あなたが言ってるのはそういうことみたいね。でも、そんなのばかげているわ。そんなことをして、ベッカになんの得があるの？　それに、わたしがなんの疑いも持たないで、すべて信じると思う？　あなたと知り合ってからの時間は、姉さんを知っていた時間のほんの一部なのよ」

「ぼくを信じてほしいね」レアンドロは辛辣な口調で言った。「なにせ、きみはぼくの妻で、妻の役目には信頼と献身が伴うんだ。だが、悲しいかな、その二つはきみにはない資質だ。本当のところ、お姉さんとぼくが一緒にいるところをきみが見るずっと前から、ぼくたちの結婚はおかしくなりはじめていた」背筋を伸ばす。「だから、きみはベッドでぼくを避けはじめたんだろう」

ミリーの顔がぱっと赤らんだ。「避けてなんかいなかったわ」

「毎晩ぼくに背中を向けて、眠ったふりをしていたじゃないか。ぼくが早く帰宅してそんなごまかしができないときは、なんだかんだと言い訳をした。

〝頭痛がする〟だとか〝疲れた〟だとか言ってね。そんなきみを、ぼくはほうっておいた。ぼくと出会うまできみには男性経験がなかったのを知っていたから、我慢したんだ。だが、きみが頭のなかで何を考えているのかさっぱりわからなかったし、きみはなんのヒントもくれずに、ただ横になって夜が明けるのを待ち望んでいた」

夫を遠ざけようとした涙ぐましい努力を見抜かれていたことで、ミリーはますます屈辱を感じた。

「わたしと結婚したことをさぞ後悔したでしょうね」

それはわかっていた。でなければ、なぜ姉と寝たりするかしら?

「ぼくが何を後悔しているか知りたいか、ミリー?」突然くたびれた声を出して、レアンドロはうなじをさすって凝りをほぐした。「ベッドにきみを縛りつけて、きみが頭のなかで何を考えているのか、無理にでも聞きださなかったことを後悔しているよ。答えを問いたださなければいけないときに、尻込みしてしまった。どんなにそれを後悔しているか、きみにはけっしてわからないだろう」

「何も考えていなかったわ」ミリーは嘘をついた。

「疲れていただけよ。あなたが出張に行かないときは、いつも二人で出かけていたでしょう?」二人の違いを際だたせるように仕組まれたイベントに出るたびに、ミリーは徐々に自信を失った。

「疲れていただって?」レアンドロのまなざしには皮肉がこもっていた。「きみはハネムーンで一睡もしなかったじゃないか。毎日、ほとんどずっと愛を交わしていたから。問題が起こりはじめたのは、家へ戻ってからだ。突然、きみはぼくにさわられるのをいやがるようになった。間違ってもぼくにさわられないように、それこそどんなことでもした」唇が引き結ばれる。「きみがお姉さんに泊まりにくるように言ったのは、ぼくたちを引き離すものがほかにも何かほしかったからではないかと、疑ったくらいだ」

お互いの認識の差にぞっとして、ミリーは首を振った。「あなたに姉と浮気してもらいたがっていたと思ってるの？」

「その件については、話すことはすべて話したよ」

椅子に座っていてよかったと思うほど、ミリーの体がひどく震えた。「姉に泊まりに来るように言ったのは、ベッカを信用していたからよ。それに、姉の力が必要だった。困ったときは、いつも姉が頼りだったから。わたしはその姉を失ったのよ。それも、事故で死ぬずっと前にね」

「どうして、そんなふうにぼくが浮気したと決めつけるんだ？　結婚していたのは三カ月なんだぞ、ミリー。幻滅するには早すぎるだろう」

「あなたの噂は聞いていたわ」

「それはきみに出会う前の話だ」

ミリーは涙をこらえきれずに泣き笑いした。「それは、そうよね。わたしはあんな痩《や》せっぽちのモデルや女優なんかよりずっときれいだもの」

「そんな皮肉を言うなんてきみらしくない。ぼくはきみのやさしいところに引かれたんだ」レアンドロの目がすぼまり、視線がしっかりと据えられた。「きみはさっきからひがみっぽいことばかり言っているね」

ミリーは、レアンドロの望みどおりの女性になろうと努力して過ごした日々を思い浮かべた。なんという時間の無駄遣いだったのだろう。そんな女性には少しも近づけなかった。美容院に八時間いても、農家の娘から大富豪の妻には変身できないとわかっただけだった。「責任はあなたにもあるのよ。あそこでわたしを見捨てたんだから」

「あそこ？」レアンドロは心底当惑しているようすだった。

「パーティーでいつもわたしを見捨てていたわ」

「見捨ててなどいない。きみのそばにいたよ」

「スーツを着た人と仕事の話をしたり、わたしを差し置いてあなたの注意を引こうとする美人ににっこりしたりしながらね。そういう人たちはみんな、わたしのことを岩の下から這《は》いでてきた生き物みたいに見たわ」

「きみはぼくの妻じゃないか」

「ええ。それが問題だった」

レアンドロがいらいらした顔をした。「まったく意味がわからない！　ぼくの妻でいると――」

「すごくストレスがたまるのよ」

レアンドロが額をさすった。「もう少しはっきり説明してもらえないか？　ぼくの妻でいると、どうしてストレスがたまる？」

ミリーは両手で脚をこすって、この一年あまり噛みつづけて短くなった爪をじっと見つめた。「わたしにはあなたの妻になるのに必要な資格がなかったのよ。あなたがなぜわたしと結婚したのかわからない。あなたの間違いだったんだわ」

「ああ、そのとおり。ぼくの間違いだったんだ」レアンドロの指がゆっくりしたリズムでテーブルをたたいた。「その間違いを正すよ。それで、この泥沼から抜けだすことにしよう」

その言葉がミリーを打ち砕いた。一瞬、床にくずおれて〝やめて〟と泣きついてしまうのではないかと思った。プライドがはがれ落ち、無防備な心がむきだしになった。しかし、奇妙なことに、叫びだしたい気持ちはふいに消えた。

「離婚したいのね」ミリーはやっとのことでその言葉を口にした。「それも仕方ないわね。赤ちゃんを連れていかせてくれたら、離婚してあげるわ」

「まったく、きみは話を聞いていなかったのか？」レアンドロの口ぶりは荒々しく怒りに満ちていた。

「ぼくは離婚などしたくない」

「間違いだったと言ったじゃない」

明らかに爆発しそうな感情と闘っているようすで、レアンドロはしばらく口を閉じて額に手を当ててから言った。「間違いだったのは、あの日きみを出ていかせたことだ。きみを引き戻して、真実に目を開かせるべきだった。だが、きみがぼくを疑ったことにひどく腹が立った。ぼくたちが手にしていたもののために、きみが闘わなかったことにね」

「うまくいかないことがあったら、あきらめたほうがいいときもあるのよ」

レアンドロはミリーを非難の日でにらみつけてから、広い肩を緊張でこわばらせて、キッチンの奥へ歩いていった。

ミリーは愛する男性を見つめて、その胸のなかに何が去来しているのだろうと考えた。その考えを読んだように、レアンドロが振り返った。消えずに残っていた二人のテレパシーが、火花になって部屋の隅から隅へ飛んだ。

「この泥沼から抜けだすと言ったのは、ばかげた別居を終わらせるという意味だ。ぼくのそばに戻ってほしい。苦しいときに逃げださずに闘ってほしいんだ。それが、ぼくの妻に、ぼくの子どもの母親に選んだ女性に求める資質だよ」

ミリーは耐えられないほどの痛みをやわらげようと、胸に手のひらを押し当てた。「いまのわたしではいい母親になれないっていうの？」

レアンドロの瞳のなかで、怪しげな黒い光が揺れた。「いまはまだ確信はないと言っておこう」

いい母親になれないかもしれないと思われていることに愕然《がくぜん》として、ミリーはレアンドロを見つめたが、その瞳に浮かぶ黒い影がなんなのかはわからなかった。「あなたはわたしのことをぜんぜんわかっていないわ」

「ああ」レアンドロが苦々しげに言った。「わからない。だが、結婚の約束にどのくらいの効力があるか、もう一度確かめてみようじゃないか。コスタスの母親になりたいなら、ぼくの妻としてここで母親になるんだ」

その言葉に驚いてミリーが押し黙ると、レアンドロが片方の眉を上げた。「イエスかノーか？」

じっと座っていられずに、ミリーは立ちあがった。レアンドロが赤ん坊を手元に置いておく気でいるという事実が、彼が父親であることを暗示していた。わたしがその事実に目をつぶると思っているのだろうか？　どうしてそこまで躍起になって、結婚生活を続けたがるのかしら？　プライドの問題だろうか？「どうしてそんなことを望むの？　あなたが理解できない」

「だろうね。だが、これからずっと結婚生活を続ければ、ぼくを理解できるさ。そして、ぼくもきみを理解するつもりだ」レアンドロが近づいてきたので、ミリーはあとずさった。それでも彼は歩き続け、ミリーを壁際に追いつめて両手でその頭をしっかり押さえつけた。

「レアンドロ、やめて……」

「あの日教会で立てた誓いのとおり、ぼくのそばにいてほしい」

ミリーの沈黙がまだ尋ねられていない質問に答えを与えたかのように、レアンドロの目が険悪な黒い色に変わった。

「ミリー？」

ミリーは目を閉じた。どうしてそこまで躍起になって、コスタスを手元に置きたがるのかききたかった。その態度がどんなふうにわたしの目に映るか、わからないのだろうか？　考えがもつれて、結論へつながるたった一本の糸をたどることができない。

「あなたとの生活をまた始めることなんかできない

わ。あれは失敗だったのよ」

「きみとの意思の疎通に失敗したことは認めるよ」レアンドロが肩をすくめた。「ばくは間違いを繰り返さないから安心していい」

ミリーの人生でこれほど安心できないときはなかった。「あなたが望んでいるような女性にはなれないわ」

レアンドロが冷たい笑い声をあげた。「きみとの意思の疎通は、いままでのところまったくうまくいっていないな、アガピ・ム。ぼくがきみに何を望んでいるか、本当にわかっていないらしい。だが、今度はぼくに背中を向けたり、問題にぶち当たったときに出ていくことは許さない」

「妻として戻ってきてほしいと言われても、いろいろ変わったことがあるのよ、レアンドロ。あなたが知らないこともあるの。この一年のあいだに、いろいろなことがあったから」

「そんなもの、知りたくもないね」

レアンドロの荒々しい口調から、ミリーは別の男性との関係をほのめかしたのだと思われていることに気づいた。「あなたに話さなければいけないことがあるの」

「いまはやめてくれ」いらだたしげに低いうめき声を出して、レアンドロがミリーに顔を近づけた。その仕草は、二人でわかち合った官能的な思い出をすべてよみがえらせた。レアンドロはキスをしようかどうしようか迷っているようすで唇を空中で止めてから、頭を上げてあとずさった。「だめだ。きみはひどく疲れた顔をしている。少し眠るといい。今夜はあいている寝室で眠ってもいいが、明日からは妻が眠るべき場所で眠るんだ。ぼくの隣で」

4

「泣かないで」ミリーは自分も涙を流しながら、泣きじゃくるコスタスを抱いてやさしく揺すった。

服を着たまま眠れずに寝室のベッドに横たわっていたとき、通路の向かいにある子供部屋で赤ん坊がわめく声を聞いたのだ。ミリーはこれまで感じたことのない本能に突き動かされて、すぐにベッドから跳ね起きた。

「おなかがすいてるの？」涙を袖《そで》で拭《ぬぐ》い、ミリーはコスタスをベッドから持ちあげて、ぎこちなく胸に抱いた。「こういうことをしたことがないのよ。だから、間違ってたら教えてちょうだい。ママが恋しいの？」

コスタスの叫び声が大きくなったので、ミリーは椅子に座って、ベビーシッターたちが置いていった哺乳瓶《ほにゅうびん》をおそるおそるコスタスの口に当てた。「この角度でいいのかしら？　赤ちゃんにミルクを飲ませたことはなくて。だから間違っていたら、もう少し大きな声で泣いてちょうだいね」

しかし、赤ん坊は小さな口でボトルの乳首をしっかりくわえ、ミルクをごくごく飲んだ。

ミリーは驚いて笑い声をあげた。「本当におなかがぺこぺこだったのね。そういうところはお母さんに似てないわ。ベッカは何も食べなかったのよ」

赤ん坊にミルクを飲ませながら顔立ちを観察するうちに胸が痛んできた。コスタスの髪と美しいオリーブ色の肌が、レアンドロと同じだという事実からは逃れようがない。

「あの人がパパなの？」そっと話しかけながら、ミリーは哺乳瓶の角度を直した。「それとも、あの人の言葉を信じるべき？」コスタスはミリーの顔にじっと目を据えて、リズミカルに哺乳瓶の先を吸っていた。「あの人はやり直そうって言うけど、一度やめたものをまた始められっこないわ。何もかも変わってしまったんだもの。いろいろなことがあったのよ。あの人の知らないことがね」

うれしそうに哺乳瓶の先を吸っているコスタスに向かって、ミリーは涙のたまった目でほほえみかけた。

「あなたはあんまり役に立ってくれそうにないわね。どうしたらいいかわからなくて。それでも、あの人と一緒にあなたをここに残してはいけないってことはわかるわ。そんなことをしたら、あなたは一カ月で堕落してしまうもの」

そのとき、ベビーシッターの一人が部屋の入口に現われた。「すごい！　その子がおとなしくミルクを飲んでるなんて！　あたしじゃどうしようもなくて、この道二十年のエリカを起こしたんだけど、それでもだめだったんだから」あくびをする。「その子のお母さん、死んだらしくて。それで、あのいかしたレアンドロ・ディミトリアスが父親だっていうのよ。すっごいスキャンダルよね」共謀者めかしてくすくす笑い、部屋に入ってくる。「もちろん、彼は自分の子かどうかはっきりは言わないけど。引き取ったんだもん。言わなくてもわかるわよねえ」

「責任を果たす人だっていうことがね」ミリーはみんなが広めている噂《うわさ》の中身に反感を覚えてきっぱり言うと、赤ん坊に注意を集中させた。「ミルクのあげ方が速すぎるかしら？」

「ううん。この子、ご機嫌だもん。泣いてないでしょう？　あたしはよちよち歩きをするくらいの子のほうが好き。おなかをいっぱいにさせたら、テレビの前に座らせておけるし」ベビーシッターが顔をしかめる。「それにしても、よかった。あんたの腕がよくて。あたし、朝になったら辞めさせられると思ってたんだ」

「辞めさせられる？」

娘は仕方ないといったふうに肩をすくめた。「だって、レアンドロ・ディミトリアスは失敗を許してくれるような人じゃないでしょう？　エリカと二人で覚悟を決めてたんだ。朝までにこの子にミルクを飲ませられなかったら、二人とも首になるって。惜しいんだけどね。お給料はいいし、ご主人はすてきだしさ。で、あんた、だれ？　ほかの人が雇われたなんて知らなかった」

「彼の妻よ」その言葉を口にしたとたん、ミリーは言わなければよかったと思った。娘が信じられないというような驚いた顔で見つめたのだ。

しかし、すぐにその驚きは勤め先を確保しようという意欲に取って代わったらしく、娘は咳払《せきばら》いをした。「ぜんぜん気づかなくて。すみませんでした」

視線がミリーのくしゃくしゃの髪から古いジーンズに移る。顔は真っ赤だったが、その目つきは、ミリーをばかな女性だと思っているとはっきり告げていた。「ご主人がまだ結婚されてたとは知らなくて」

「しばらく別居していたの」

「そうですか」娘の表情は〝別居して当然だ〟と物語っていた。

レアンドロの妻にはとても選ばれそうにないことは、ミリーも自覚している。それなのに、他人の目に驚きの色を見ると、なぜこんなに傷つくのだろう？　くよくよ悩む自分がいやになって、周囲の人間の意見になど惑わされないレアンドロのようだったらよかったのに。それが無理なら、ベッカのようでもいい。姉は世界じゅうに愛されると信じて生まれてきた。

ベッカと同じブロンドの髪や完璧《かんぺき》な容貌《ようぼう》を与えられて生まれてきたら、もっと自信を持てたのかしら？　ベッカは一流誌の表紙という表紙を飾った。トレードマークの青い目をきっと上げ、媚《こ》びを含んだ表情を浮かべれば、その雑誌は間違いなく飛ぶように売れた。

「それじゃあ……」ベビーシッターが好奇に満ちた視線を向けた。「また一緒に住むんですか？」

立ち入った質問だったが、ミリーも一晩じゅう同じことを自分に問いかけていた。これから起ることに向きを受け入れたとしても、レアンドロの提案を受け入れたとしても、これから起こることに向き合う勇気があるかどうか、と。

もちろん、また捨てられるにちがいない。あのことを知られたら、今度はどのくらい彼を失望させることになるだろう？　しかし、拒否すれば、姉の子ども――甥《おい》に二度と会えなくなってしまう。

困惑したまま、ミリーは赤ん坊の口から注意深く哺乳瓶をはずした。おなかをふくらませたコスタスは、目をぱちぱちさせてからにこっとした。

それを見てベビーシッターの娘が笑い声をあげた。「こんなこと初めてですよ。だれにも笑いかけたことなんかなかったのに。ちょっと抱いてもいいですか？」娘がミリーの腕から赤ん坊を取りあげると、赤ん坊は目をぱっと見開いて、顔をくしゃくしゃにした。「やだ。やめときます」ベビーシッターはいらだたしげに顔をしかめ、ミリーの腕に赤ん坊を戻した。

コスタスはすぐにミリーに体をすり寄せ、眠りに落ちた。

ベビーシッターが目をくるりとまわして、そっけなく言った。「困ったことになりましたね。動いたら、この子が目を覚ましますよ」

「動く必要はないわ。この子と一緒にここにいるから」

「そうやって、ずっと抱っこしてるつもりですか？　そんなことしたら、抱き癖がつきます。その子が泣いても、ベッドに寝かせておかなくちゃだめなんです」娘が断固とした口調で忠告した。「そうやって、だれがボスかを教えないと。いまは朝の五時なんですよ。ベッドに戻りたくないいんですか？」なんのために？　眠れないまま考え事をするため？　それならここでもできる。「わたしはここでいいわ」

だが、ここでいいと思えたのは、ドアが開いて、レアンドロが部屋へ入ってくるまでのことだった。

今朝のレアンドロは優美で洗練され、危険なほどの魅力があった。ふつうの人間では手の届かない成功のにおいが、全身から発散している。品のいいダークグレーのスーツをひと目見ただけで、いつもの出張にでかけるのだと、ミリーにはわかった。

「会議に行く前に、きみと話す必要がある」レアンドロが振り返ってベビーシッターに鋭い視線を投げると、その意味を悟った娘は部屋を出てドアを閉めた。

きっと部屋の外に立って、ドアに耳を押し当てているにちがいない。ミリーは言った。「あの子は辞めさせて。あの子にコスタスの世話をしてもらいたくないの」赤ん坊を抱き寄せて、その体を包んでいるブランケットをもてあそぶ。「あの子はコスタスの母親が死んで、父親が大富豪だということにしか興味がないのよ」

「だれを採用しても、その噂は耳に入る」

「そうね。でも、あのベビーシッターにはやさしい心遣いっていうものがないわ。赤ちゃんを好きでさえないんだから」

「そうか」レアンドロが腕時計に目をやった。「きみが首にしたいなら、ぼくから言っておこう」

「いいえ、わたしが自分で言うわ」ミリーはきっぱりと断言した。

レアンドロは信じられないというように笑い声を

あげた。「きみがだれかを首にできるとは思わなかったよ」

「それは、怒りの度合いによるわ。この子の両親のことばかり考えている人間は、コスタスには必要ないの。この子を好きになってくれる人間が必要なのよ」ミリーはレアンドロの完璧な身なりに視線を走らせた。「いまは朝の五時よ。こんな時間に会議があるなんて信じられないわ」

「パリのオフィスで朝食を食べながら会議をするんだ。パイロットが待っている」

「もちろん、そうでしょうね」ミリーは疲れた笑みを投げた。ほかの人間ならバスに乗るために列に並ぶ。レアンドロにはパイロットがいて指示を待っている。これもまた、二人の生活がどんなに違うかを思いださせる一例だった。この屋敷にはプールやスパやメディアルームやリフトを備えた地下駐車場があり、すべてが自動化されている。

ミリーは一年前この家を出てから借りている小さなフラットのことを考えた。明かりをつけたいと思えばスイッチを押さなければならないし、電気系統がすぐに故障するので、押しても必ずつくわけではなかった。

レアンドロがいらだたしげに眉をひそめた。「どうしてコスタスは泣いていたんだ？」

「よく眠れなかったのよ。あなたの採用したベビーシッターが、二人ともミルクを飲ませられなかったから」

「ベビーシッターたちがミルクを飲ませられなかったのに、この子はきみからなら飲んだらしいな」レアンドロはミリーがテーブルに置いた空の哺乳瓶を見て言った。

「わたしは味方だってわかってるのかもしれないわね」

「そうかもしれない」レアンドロがコスタスを抱い

たミリーをじろじろ眺めた。

「なんでじっと見ているの？　この子を抱きたい？」

「いまはいい」

「それはそうよね」ミリーはかっとした。「そのスーツはものすごく高いはずだもの。赤ちゃんに吐かれたら台なしだわ」

レアンドロが近づいてきた。「気にするなら、スーツの状態よりもっと大切なことがある。それに、ぼくが手を出せばコスタスがいやがって、きみと話し合うこともできなくなる」

同意を示すように、コスタスがミリーに体をすり寄せた。ミリーの胸にあたたかな気持ちが流れると同時に、守ってやらなければという激しい感情がわきあがった。

「話し合うことなんかないわ。あなたは赤ちゃんの世話には向いていないもの。生まれてから三十三年間、赤ちゃんを避けてきたんですからね。コスタスには、両親がだれかなんていうことに疑問を持たずに、ただ愛してくれる人が必要なのよ」

「それはきみだというのか？」レアンドロは疑わしげに黒っぽい目を光らせて、しばらくミリーを観察した。「この赤ん坊が夫とその愛人の子だと、まだ信じているのか？」

「そんなこと、どうだっていいわ」

「どうだっていいと思う人間はそういないよ、ミリー」片方の眉を皮肉っぽく上げて、レアンドロはミリーを観察してから言った。「だれを首にしてだれを雇うかは、きみの好きにしろ。ただし、コスタスにベビーシッターはつけてもらう。きみがそんなにこの子の面倒を見たければ見ればいいが、ぼくたちの関係に支障が出ることはするな」

ミリーは唇をなめてから言った。「あなたとの関係についてなんだけど、そのことについてはまだ話し合わなければいけないことがあるの」

「それなら、いま話せよ」レアンドロが腕にはめたロレックスにちらっと目をやる。「きみはここにいるつもりなのか？　それとも出ていくつもりか？」

今度はミリーのほうが疑わしげな顔をする番だった。「いまはわたしたちの結婚生活について話してるのよ。会社の買収についてじゃないわ。そんな言い方をされると、あなたの行動リストにまた一つ仕事が増えたみたいに感じるじゃない！　〝ミリーがここにいるつもりか、それとも出ていくつもりか、答えを探せ〟」レアンドロの口調をまねて言う。

レアンドロがかすかな笑みを浮かべた。「きみは変わったな」

「ごめんなさい。でも――」

「あやまらなくていい」レアンドロが物憂げな口調で言った。「きみが頭のなかにあることを話してくれれば、そこで何が起きているのかを知るチャンスがあるかもしれない。どうして今まで話してくれなかったんだ？」

「あなたが怖かったのよ」

レアンドロが心底驚いたようすでミリーを見つめた。「怖かった？　怖かったというのは、どういう意味だ？　きみを脅したことは一度もない」

「あなたが言ったりしたりすることが怖いんじゃないの。あなたが……」ミリーは言葉をとぎらせた。

「説明するのはむずかしいわね。でも、今度あなたを怖いと思ったら、そのときは教えるわ」

「それはどうも」

その口調に込められた皮肉にも動じずに、ミリーはレアンドロを見つめて、こんなに美しい姿をしていなければいいのにと思った。レアンドロを見るたびに会話の筋を見失ってしまう。優美なデザイナーズ・スーツの下に何があるか知っているので、ますます始末が悪かった。

「わかったわ。わたしの気持ちを知りたいんでしょう。でも、決めるのは簡単じゃないの」ミリーは腕のなかで静かに眠っているコスタスを見おろした。

「考える時間が必要だわ」

レアンドロは自信に満ちた態度で壁に寄りかかった。「時間は与えた」

「もっとほしいの」

「きみはぼくの妻だ。そのほかに何を考える必要がある？」

「うまくやっていけるかどうかをよ」

レアンドロが鋭い視線でミリーを観察した。「ベッドでのぼくが怖かったのか？」

「なんですって？」ミリーは顔を赤らめた。

「ぼくが怖かったと言っただろう」レアンドロが静かに言った。「だから、ベッドできみを怖がらせたのかときいているんだ。それも問題の一部だったのか？」

ミリーは赤ん坊に視線を落とした。「この子の前でする話じゃないわ」

「コスタスは三カ月だ」レアンドロがそっけなく言った。「まだ話を制限する必要は感じないね。質問に答えろよ。きみを怖がらせたのか？」

「いいえ」飲み物がそばにあればいいのにと、ミリーは思った。突然、日照り続きの砂漠のように喉がからからになった。「怖くはなかったわ。ただ、ちょっと恥ずかしかっただけ」

「なぜ？」

なぜなら、レアンドロがデートしていた美しい女性たちとくらべられているにちがいないという気持ちを拭えなかったからだ。「あなたは真昼間だろうと気にしなかったわ。一度なんてオフィスで……」

「愛を交わすのは夜の寝室とはかぎらない」

「そうね。でも、暗い場所でなら、わたしは別人になれたの」

レアンドロが長々とため息をついて、いらだちをあらわにした。「きみは口では考えてみると言いながら、ぼくとの生活を続けられると思っていないんだ。心底本気になって、この結婚がうまくいくようにしてもらいたい」

「今度怖くなったら教えると言ったわね」ミリーはしわがれた声で言った。「いまのあなたは怖いわ」

レアンドロはギリシア語で何かつぶやいてから尋ねた。「きみは気に入らないことがあると、その状態に〝怖い〟という言葉を当てはめているだけじゃないのか？」

「いいえ。あなたに当てはめた言葉よ。受け入れられないことがあるときのあなたにね。あなたはなんでも思いどおりにすることに慣れているから、歩み寄る方法を知らないのよ。いまに我慢できなくなって、あなたのほうから離婚を望むんじゃない？」

「離婚の話をしていたんじゃない」レアンドロがやわらかに言った。「結婚の話をしていたんだ」

ミリーはコスタスを見おろして、レアンドロとの結婚は気が遠くなるほどの重荷だと思った。結婚はベッドに入ることを意味し、ベッドに入ればわかってしまう……。

そのときレアンドロはどうするかしら？　いやがって拒否するだろうか？　それとも、哀れに思って、それをごまかすために平気なふりをするかしら？　いや、肉体にごまかしはきかないだろう。

「離婚はなしだ」レアンドロがきっぱりと言った。「ぼくに背中を向けるのも。何か気に入らないことがあるなら、今度はその理由を教えてほしい」

今度つまずきの石にぶつかるのはレアンドロのほうだとわかっていたので、ミリーの心臓がどきっとした。最後に彼と会ってから何があったかを話さないのは卑怯《ひきょう》かもしれない。けれど、いまはまだ話せなかった。レアンドロが知れば、そのときの反応で結婚の行く先が決まる。そして、コスタスの行く先も。

ミリーは赤ん坊を見つめて言った。「そのことは、明日までに考えておくわ」

「ぼくは妻を取り戻したいんだ。あらゆる意味で」レアンドロの視線は鋭く揺らがなかった。「頭が痛いと言うのも、疲れていると言うのもなしだ」

「本当に疲れていたら？」

「目を覚まさせてやるよ。この前はきみに経験がないとわかっていたから、我慢強くやさしく接した。だが、それが間違いだった。ほかにどんな理由があったのか、無理にでも口を割らせるべきだった」レアンドロの瞳が男の欲望で黒く光った。

ミリーは下腹部が熱くなったことにショックを受けて尋ねた。「何を言っているの？　今度は我慢強くもやさしくもしないということ？」

「そのとおりだ」レアンドロが物柔らかに言った。「今度はきみに本物の喜びを教えてやるよ」レアンドロの視線がミリーの口元をさまよった。「きみはとてもセクシーな女性なのに、まだほんの入門コースを試しただけだ。だが、今回は違う」

「違わないかもしれないわ！　もうあなたに魅力を感じないかもしれないでしょう！」そう言った瞬間、ミリーはその言葉がどんなにばかばかしく聞こえるかに気づいた。レアンドロの唇に皮肉っぽい笑みが浮かんでいるのを見ると、明らかに彼も同感らしい。

「その意見が正しいかどうか試してほしいか？」

「いいえ」ミリーは赤ん坊を抱いていてよかったと思った。「これ以上、この話はしたくないわ」

「あいにくだが、これからはどんな問題もとことん話し合うんだ」そのとき呼出音が鳴ったので、レアンドロは携帯電話をポケットから取りだした。そして、ミリーの顔を見つめてきいた。「どうかしたのか？」

「もしわたしがあなたの妻に戻ることにしたら、わたしたちと一緒のときは電話の電源を切っておいて」ミリーは強く言った。「そうしないと、コスタスは携帯電話のほうが大事にされていると感じながら大きくなるわ」

レアンドロはミリーを長々と見つめてから、指で電源ボタンを押した。「これで満足か？」

ミリーはうなずいたが、この先も携帯電話を切ってもらえるとは思わなかった。本当は、妻として戻ってこいという要求をのむかどうかで悩む必要もないのだ。レアンドロはいつも働いていて、めったに姿を見ることもないのだから。

「一つルールを決めよう」レアンドロは携帯電話をポケットにしまった。

「どんな？」

「いったん戻ると決めたら、きみはどんなことがあっても逃げだしてはいけない。どんなことがあっても、結婚生活を続けるんだ」

ミリーは唇をなめた。「あなたが逃げだしたくなったらどうするの？」

「そんなことにはならない」

「なるかもしれないわ」ミリーは自分の身に起こったことを考えて、不安の波に襲われた。レアンドロにそれを知られるときがくるのが、怖くてたまらなかった。

レアンドロは取り繕った言葉で本心を隠すような人ではない。思ったことをそのまま口にするだろう。そのときは、心に釘《くぎ》を打ち込まれたように感じるにちがいない。

「今日一日、考える時間をやろう」明らかにかなりの歩み寄りだと考えているようすでそう言うと、レアンドロは部屋の入口へ向かった。「今夜には戻るから、期待どおりの答えを聞かせてくれ」

5

どうしてミリーに考える時間をやったのだろう？

弁護士であふれた部屋のなかで、レアンドロはこの半年のあいだ力を注いできた商談をまとめようと心に決めて、ものすごい勢いで会議を進めていた。

しかし、ミリーのことばかり頭に浮かんだ。ミリーはコスタスを連れてまた姿をくらまさないともかぎらない。結婚生活を最後まで続ける確証は何もなかった。

レアンドロはいらいらしながら猛スピードで議題を押し進めた。丸一日かかるはずだった会議を数時間に凝縮してやり終えると、立ちあがって、パリ支店の豪華な会議室の壁一面を占める窓のそばへ歩いていった。「これで終わりだ。何か質問があれば、ロンドンにいるスタッフにきいてくれ」

今回の商談を担当した弁護士が厚い書類の束を取りあげた。「あなたのような決断力が、みんなにもあるといいのですが。この大不況でも、あなたなら眠れないことはなさそうですね」

「ああ」眠れないのは別の原因のせいだ。私生活の。

弁護士はブリーフケースをかちっと閉めた。「お祝いを申しあげなければなりませんな、ミスター・ディミトリアス。あなたには人間の行動を予測したり理解したりするすばらしい能力がおありだ。昨日、ディミトリアス・コーポレーションの株は上がりましたよ。景気はこれ以上ないほど大変な状況だというのに」

「だれかが大変なときは、だれかほかの者のチャンスになる」レアンドロはパリの風景に目を据えたままでいたが、気持ちは危うい結婚生活に飛んでいた。

それを守ろうとするのは、頭がどうかしているのだろうか？　もしかしたら、コンクリートに落とした貴重な陶器のように、修復できないほど粉々に砕けているのかもしれないのに。

　この二十四時間、ミリーのことをほとんど知っていなかったと思い知らされた。

　それとも、ミリーが変わったのか？　以前よりも、自分の意見をはっきり言うようになった。いや、それともやはり、前からそうだったのに、ちゃんと見ていなかったのだろうか？　ミリーには、ぼくには見えていなかった特徴がいろいろあるにちがいない。

　レアンドロは顔をしかめた。このぼくは本当に怖いと思われていたのだろうか？

「例の赤ん坊の親がだれかという噂《うわさ》は、ディミトリアス・コーポレーションの株価に悪い影響を及ぼさなかったようですね」弁護士の声が物思いを破った。

「今日の仕事は終わりだ」レアンドロは冷たく言った。「アシスタントが出口までご案内する」

　個人的な話題に触れるという大失態を犯したことに気づいて、弁護士はしどろもどろにあやまった。

　レアンドロは振り返りもしないで、いやな気分で考えた。この自分を悪者にしたからといって、ミリーを責められないのかもしれない。世間の人たちもみんな、ミリーの側についているのだから。

　昔から自分の評判には無関心だったが、いまはそのしっぺ返しを受けはじめている。

　弁護士たちは立ちあがり、おかしなほどあわてて会議室を出ていった。

　部屋にだれもいなくなると、レアンドロは肩をまわして、緊張をほぐそうとした。会議室の床から天井まで届くガラス窓に沿って歩き、街をくねって流れるセーヌ河を見つめる。

　悪い予感に襲われた。本当にミリーを置いてくるべきではなかったのだ。

うなじをさすり、ポケットから携帯電話を取りだす。ミリーに告げよう。あと五、六時間で家に着くと。しばらく一緒に過ごせるだろうと。

こつこつと床に靴を打ちつけて、だれかが電話に出るのを待つ。

長く待たなければならなかった。

やっと家政婦が電話に出て、妻も赤ん坊もでかけていると知らされたときには、レアンドロの緊張度は十倍になった。運転手もボディーガードもつけずに出かけたと聞かされたときには、すぐに電話を切ってビルの正面に車をまわすように命じた。

ミリーは出ていった。

また逃げだした。

いったい何を期待していたのだろう？

〝あなたには人間の行動を予測したり理解したりするすばらしい能力がおありだ〟あの弁護士はそう言ったのではなかったか？

レアンドロはうつろな笑い声をあげた。自分の妻を理解するとなると、その能力はどこへいってしまうのだろう？　株式市場を研究するときと同じようにしっかり妻を観察していたら、ぼくがロンドンを離れることはなかっただろう。

まったく、ミリーの予想外の行動には驚かされる。屋敷に現われ、姉の子どもの面倒を見たいと言いだし、〝平凡〟だと言って自信のなさをさらけだした。おかげで、ぼくはどれほどミリーのことをわかっていなかったかを痛感させられた。

これからはそれを改めるつもりだ。

まだ手遅れでなければ。

「これはどう？　振るとメロディーが流れるのよ」

ミリーはベビーカーの上におもちゃを差しだした。

「それに、先っぽの輪っかを噛《か》めるの。もうすぐあなたは何かを噛みたがるようになるって、育児書に書いてあるわ」

コスタスが喉を鳴らしたので、ミリーは身を乗りだして、ブランケットでしっかりとその体をくるんだ。「もう帰ったほうがいいわね。夕方までに準備をしないと。大丈夫よ、これだけあれば。なんとか見苦しくないくらいにはなれるから。それでも、レアンドロには釣り合わないでしょうけれど。離婚はしないと言うからには、妻らしく見えるようにしないとね。そんなしかめっつらをしないで」笑顔でコスタスを見おろす。「レアンドロみたいなルックスの人と結婚しているのは大変なのよ。とくに、わたしみたいな顔や体つきだと。さあ、おもちゃのお金を払って、おうちへ帰りましょう」

ミリーはベビーカーのフードにおもちゃを置いた。ふと目を引いた小さな服もそこに加えて、レジへ向かう。支払いの列に並ぶあいだ、無意識にレアンドロに似ているところを探そうとして、上からじっとコスタスを見つめた。

「やだ、ちょっと見て」列の前に並んでいた若い女性が残念そうにため息をついた。「五秒でわたしの体重を十キロ減らせないかしら」

「無理よ。彼がふっくらした女性を好きなことを願うのがいちばんね」その友人が突きでたおなかを引っ込めて言った。

「あの人の好みは痩《や》せたタイプなのよ」

「まっすぐで長いブロンド・ヘアのね」

「こっちへ来るわ」

「ああ、彼にキスしてもらえるなら、百万ポンド払ったっていい！」

女性をこれほど熱狂させるのはどんな男性なのかと興味を引かれてミリーが目を上げると、レアンドロが断固とした足取りで店内を横ぎってくるのが見えた。ガゼルの群れのなかにライオンが迷い込んできたように、女性たちはみんなぼうっとして見つめている。

ミリーは恐怖の声をもらした。レアンドロはここで何をしているのだろう？　まだパリにいるのではなかったの？　早くても、夕食までは家に戻らないと思っていた。それなのに、まだ日も暮れないうちにここにいて、明らかにこのわたしを捜している。

ここにいることをすぐにも知られてしまうと気づいて、ミリーはレジの列からそっと抜けだすと、レアンドロに背を向けて足早に出口を目ざした。

覚悟ができていないうちに見つかると思うと、怖くてたまらなかった。何時間もかけて〝自然なメイク〟を完成させていたとしても。

こっそりうしろをうかがいながら、レアンドロの目にとまることの少なそうなベビーベッドやベビーカーの通路へまわり込んだ。いまのような状況で、彼に会いたくなかったのだ。

予定では、夕方までの時間を使って、レアンドロと顔を合わすための準備をするつもりだった。彼に返事をするための準備をするつもりだった。本当はどんな格好をしていようと、二人の関係が行きつく先になんの影響もないのだが、できるかぎり見た目を整えておけば、彼に対してもっと自信を持てるとわかっていたからだ。

もう一度うしろをうかがうと、レアンドロが顔をしかめて店内を見まわしていた。ミリーは出口からそっと外へ出て、平凡で目立たないのはありがたいことかもしれないと考えた。しかし、いまはそれが役に立つように思えても、すぐに店内の男性全員の視線を集める美女でいるほうがよくなるだろう。

そうはいっても、店内の男性全員を手に入れたいわけではない。手に入れたいのはレアンドロだけだ。

そのとき、ミリーは肩をつかまれた。「お客さん、支払いをすませていない商品をお持ちですね」

ミリーはその場に凍りついた。何人かが通りすぎざまに振り返ってじろじろと見た。ミリーは選んだ品物がベビーカーのフードに置きっぱなしになっているのに気づいて、恥ずかしさで頬が熱くなるのを感じた。振り返ると、制服を着た警備員が立っていた。「ごめんなさい。買ったのをすっかり忘れて」

「言い訳をしてもだめだよ」警備員の表情が、簡単に信じてもらえる相手ではないと告げていた。「お客さんを何分か観察してたんだがね。非常に怪しい行動をとっていた。出口までまっすぐ歩かずにまわり道をしたり、まるで見つからないようにしているみたいに身をかがめたりね」

「ええ、見つからないようにしていたんです」ミリーがあわてて言うと、警備員の表情が硬くなった。

「あ、あなたにではなくて、その……」どんなに困った状況に陥ったかに気づいて、額に手を押し当てる。

「うちの店では万引犯を訴える決まりになっててね。一緒に来てもらいましょう」

「万引きなんかしていません！」ミリーは見物人が集まりはじめているのに気づいて、穴に隠れてしまいたい気分になった。どうして、人は他人の不幸をおもしろがるのだろう？ 遠巻きにじろじろ眺めて、何が楽しいのかしら？ だれ一人として弁護してくれようという者はいない。ミリーは一人ぼっちだった。「誤解です。うっかりしていただけで。ちょっと気を取られて――」

「わたしに気を取られていたんだよ」深みのある男らしい声が背後から聞こえて、ミリーはうめきを押し殺した。見なくても声の主はわかった。

「このご婦人をご存じなんで？」警備員が肩をそびやかした。「この人は支払いをしないで出てきたんです」

「その責任はぼくにありそうだ」レアンドロの口調

は、謝罪の気持ちと愛想のよさが入り交じっていた。

「彼女は赤ん坊の面倒を見て夜遅くまで起きていてね。きょうは家で休んでいるように厳しく言っておいたんだが。お子さんはおありかな……」警備員の名札に視線をやる。「ピーター？」

「息子が二人います」警備員が堅苦しい態度で答えた。

レアンドロが自分の魅力を全開にして笑みを浮かべた。「それなら、お子さんたちが小さいころは眠らせてもらえない夜もあったでしょう」

「それはまあ」レアンドロにあたたかく励ますようなまなざしを注がれて、警備員は少し緊張を解いた。「妻が歩きながら眠っていた時代もありましたよ。風呂の水を出しっぱなしにして、家じゅう水びたしにしたこともあった」

「信じられませんね。見た目は小さくてあどけない赤ん坊のせいで、そんな大騒動になるとは」レアンドロが同情するように言った。「それに、寝不足だと、信じられないことをしでかすんですよ」ミリーの肩に手を置き、頭のてっぺんにキスをする。「みんなぼくのせいだよ、愛する人《アガピ・ム》。今夜はぼくが赤ん坊の世話を引き受けるから、きみは睡眠不足を取り戻してくれ」

見物人たちのあいだからため息がもれ、警備員が心を決めかねている顔をした。

「とはいえ、この人をなかへ連れていって、警察を呼ばなければなりません。それがわたしの仕事ですから」

ミリーはもう一度弁解しようと口を開いたが、レアンドロのやさしいが有無を言わせないキスで何も言えなくなった。あっという間のキスだったが、レアンドロが頭を上げたときには、ミリーはすっかりうろたえて彼を見つめることしかできなくなっていた。

レアンドロはにっこりほほえむと、ミリーを守るように腕のなかに引き寄せて、この場を牛耳った。

「わかりますよ。一人で判断することは、あなたの職務範囲に含まれていないんでしょう。だが、こういう場合にあなたが自分で判断してはいけないとはばかげている」

警備員が胸を張った。「状況によっては、もちろん、一人で判断できますよ」

「そうなんですか?」レアンドロは感心した顔をした。「今日の警備についていたのが、あなたでよかった。あなたみたいに経験を積んだ人なら、過労のせいで間違いを犯しただけなのか、盗みを働こうとしたのか、見わけてもらえるでしょうからね」

警備員はおだてられて顔を赤らめながらうなずいた。「買われたものをレジへ持っていかれるなら、すべて誤解だったと上司に報告しておきますよ」

「心の広い方だ」レアンドロはそう言って、ベビーカーのフードから品物を取りあげると、ミリーに目を向けた。「きみがほしかったのはこれだけかい、アガピ・ム?」

ミリーがさっきの短いキスでまだ呆然《ぼうぜん》としたまま黙ってうなずくと、レアンドロは警備員と一緒に店のなかへ戻っていった。

「心配ないわ」ひとりの女性が声をかけた。「ケビンが生まれたとき、わたしもそうだったの。二年間、一睡もできなかったわ。少なくとも、あなたには子育てに参加しようという、すてきな旦那《だんな》さまがいるじゃない。わたしの主人なんか、子どもが七歳になるまで、なんの役にも立たなかったのよ」

ミリーは返事をしようと唇を動かしたが、そこにはまだレアンドロの唇の感触が残っていた。さっきの短いキスに込められていた官能的な刺激が、必死で葬ろうとしていたものを目覚めさせていた。

何も変わっていないんだわ。ミリーは力なく考えた。レアンドロはいまだにこの体を震わせる力を持っている。そのせいで、以前一緒に暮らしていたときより、不安は千倍も大きくふくらんでいた。

レアンドロは店から戻ってくるとかたわらに立ち、目で問いかけてから、わかっているというような笑みを浮かべた。その笑みは、ミリーがぼうっとしているわけはわかっていると告げていた。けれども、口では何も言わずにミリーに紙袋を渡して、道路のほうへ導いていった。

ミリーは百対もあるように感じられる人々の目から逃れたくて、まっすぐ前を見つめて歩いた。そのうち、黒く光るベンツの隣にたくましい男性が立っているのが見えてきた。

レアンドロが近づいていくと、その男性はいかにも軍人らしいきびきびした態度で後部座席のドアを開けた。「お子さんを抱いていてくださいますか？そのあいだにベビーカーを片づけます」

ミリーはレアンドロと二人きりで狭い場所に閉じ込められるのがいやで歩道で足を止めたが、レアンドロの手で車のほうへぐいと押しやられた。「これ以上注目されないうちに早く乗るんだ」

「あなたの言うことを聞かない人はいないの？」いつまでも離れないレアンドロの手から逃れようとして、ミリーは贅沢《ぜいたく》な革張りの空間にころがり込んだ。レアンドロが赤ん坊を腕にしっかり抱えて、あとから乗り込んでくる。

そのときになって初めて、ミリーは車にベビーシートがついているのに気づいた。

レアンドロは驚くほどのやさしさで赤ん坊をベビーシートに寝かせ、慎重にシートベルトを締めて、ミリーの隣に座った。その拍子に、硬い太腿がミリーの太腿に触れた。

運転手が乗り込んできてドアをロックし、ほかの車の流れのなかへベンツを進めた。

ミリーはシートの端に体をずらした。「こんなに早く帰ってくるとは思っていなかったわ」

「文句を言っているのか？」

「文句というより意見よ。それに、あんなにたくさん人がいる前で、キスなんかするべきじゃないわ。どうして、あんなことをしたの？」

「きみが何か言って、ますます面倒な状況に陥らないようにしたんだ。口を開くたびに、きみが掘る墓穴はますます深くなる」レアンドロの視線がミリーを冷静に値踏みした。「いったい何を考えていたんだ？」

「恥ずかしい思いをさせてごめんなさい。お金を払うのをうっかり忘れたの」

「万引きのことを言っているんじゃない。一人でロンドンの街なかを歩きまわっていたことを言っているんだ」

「赤ちゃんのために買い物をしていたのよ」

「それに、だれにも言わずに家を出た」

「だれかに言うことになってたなんて知らなかったわ」

レアンドロが口元をこわばらせた。「出かけるときには、運転手を呼ぶと思っていたがね」

「車で出かけたくなかったの。歩きたくて。赤ちゃんは新鮮な空気が好きだって、どの本にも書いてあるし、わたしにも新鮮な空気が必要だった。考えたかったのよ」

「金を払わずに店から出てきたところを見ると、あまり考えていたようには思えないが」レアンドロが皮肉っぽく言った。

ミリーは顔を赤らめた。「あなたの姿を見て、あわてて店を出たから」

「ぼくを見てあわてたって？」レアンドロの目が皮肉っぽい光を放った。「ぼくはきみを怖がらせたり、あわてさせたりするのか？　きみが出ていったわけがわかってきたよ。まともな神経の持ち主なら、そんな野蛮な男と結婚したままではいない」

ミリーが横目でようすをうかがうと、レアンドロは落ち着いた態度でじっと見つめていた。

「ぼくたちの問題は、きみが出ていった日より前から始まっていたんだな」レアンドロが低い声で意見を述べた。

「わたしたちの問題は、わたしがあなたと結婚した日から始まったのよ」

「そんなことはない。ハネムーンはすばらしかった。ハネムーンから帰ってきた日に始まったんだ。考えているが、理由はまだわからない」レアンドロの口もとの筋肉が引きつった。「ぼくが変わったのか?」

「そうよ」ミリーは顔をしかめた。「いいえ、変わっていないのかもしれないわ。それが本当のあなただったのかもしれない。わたしがあなたのことをよく知らなかっただけなのよ。あなたが仕事モードに戻ったら、わたしたちの関係は二の次になった」

「念のためにきくが、ぼくのなかで、きみに認めてもらえる部分はあるのかな?」

「自信があるところは好きよ」

「自信があるところは受け入れてもらえるのか?」

ミリーは皮肉っぽい口調を無視して言った。「頭の回転や決断があなたみたいに速くない人がいると、あなたはそれだけで腹を立てる。そういうところは好きじゃないわ」正直に言い、一瞬間を置いてからつけ加える。「でも、あなたがわたしにいらつく理由はわかるの。あなたの世界でどんなふうにふるまえばいいのか、わたしにはまるでわからなかったから」

レアンドロが鋭い目つきとは対照的な物憂い口調で言った。「きみの言うぼくの世界は、女性にとっての天国みたいな気がするけどね。きみはたいていの者が夢見ている、金を使い放題の生活ができたんだ」

「そういう生活は夢見ているうちが花なのよ。現実には、そんなにいいものとはかぎらないわ。世界じゅうのお金があったって、わたしたちの結婚生活を救えなかったでしょう?」あのころのことを考えるとつらくて、ミリーは窓の外を見つめた。「最初に出会ったころは、現実じゃなくてシャボン玉のなかで暮らしてるみたいだった。お互いに何を求めているかをよく考えないで、あわてて結婚してしまったのよ」

「ぼくが何を求めているかはわかっていた。きみもわかっていると思っていたよ」

「結婚生活に何が必要になるか、わたしにはわかっていなかったんだと思うわ」

「どんな気持ちでいるかを、ぼくに話そうという考えは浮かばなかったのか?」

「いつ話すの?」ミリーはレアンドロを見つめた。

「あなたはずっと仕事をしていた。仕事をしていないときは……その、近寄りがたくて……」

「恐ろしかったんだな」レアンドロはいつになく緊張しているようだった。「それで、ぼくがやってきたのを見て、脱走者みたいに店から飛びだしたのか?」

「あなたに会うとは思っていなかったのよ」

「前もって知らせないといけないのか?」

ミリーは恥ずかしくなってジーンズに手をやった。

「ちゃんとした格好をしていなかったから」

レアンドロの視線がミリーの体の上をすべりおりた。「きみはすてきな脚をしている。ジーンズをはくとセクシーに見えるよ」

ミリーの胸が高鳴った。「あ、あなたはドレスのほうが好きなんだと思っていたわ」

「きみは何を着てもセクシーだよ。それに、何も着ていなくてもね」

深みのある声でそう言われて、ミリーの頬が赤くなった。レアンドロが知らないことを知っているので、少し気分が悪くなる。「ところで、あなたはあの店で何をしていたの？」

「きみを捜していたんだ」

「どうして家で待っていなかったの？」

レアンドロが息を吸い込んだ。「きみが家へ戻ってくると信じられる根拠がなかった」

「わたしが逃げると思った？」

「ああ」レアンドロはいかにも彼らしく率直に言った。「この前、きみは逃げた。また逃げないかと考えても無理はないだろう」黒っぽい目をミリーのくせ毛に据え、色褪《いろあ》せたジーンズから擦りきれたトレーナーへと視線を移す。「それにしても、今日のきみは出会ったときとそっくりの格好をしているな」

そんなにひどい？

ミリーは髪に手をやってまたおろした。つやつやと整った髪にするには、ちょっと指でいじくるだけではすまないとわかっていたからだ。鏡がなくても、くしゃくしゃの髪が肩の下まで垂れさがっているのがわかる。

「こんな格好をしてるのは、コスタスと買い物をしていたからよ」ミリーは弁解がましく言った。「あなたに会うとは思ってなかったから」

「ぼくに捜しだしてもらってよかっただろう」レアンドロがミリーのうなじをなでおろした。「さもないと、いまごろきみは万引きで訴えられないように、警官を説得しているところだ」

「どうやってわたしを捜しだしたの？」

「うちのセキュリティ・チームがコスタスのベビーカーに追跡装置をつけていてね」

「何をですって？」ミリーは驚いてレアンドロを見つめた。「ふざけないで」

「ふざけてはいないさ。警備は重要だ」レアンドロが唇を引き結んだ。「きみは考えたことがあるのか、ミリー？　きみはぼくの妻で、この子を乗せたベビーカーを押して街を歩きまわっている。世界じゅうの人間が気になってたまらないらしいこの子と一緒にね」

「世界じゅうの人たちは待っているのよ。あなたがこの子の父親だと認めるのか、否定するのかをね」

ミリーはレアンドロにじっと目を据えたが、彼は疑ってみろと挑むように視線を受けとめた。

「それなら、そいつらは長く待つことになる。他人に自分の立場を釈明する義務があるとは感じないからな。とにかく、きみがこの子を連れて家を出られたとは驚きだよ。よく記者たちにもみくちゃにされなかったな」

「新しいベビーシッターさんにおとりのベビーカーを押させて、先に出かけてもらったの」

「おとりのベビーカーだって？」

「ええ。あなたが仕事に出たあと、派遣業者に電話したら、すぐにベビーシッターをよこしてくれて。今度の人はすごく気に入ったわ。二人で話し合ってるうちに、記者たちのせいでコスタスが家に引きこもらないといけないのはあんまりだってことになったの。それで、彼女に人形を乗せたベビーカーと一緒に出かけたらどうかって提案したら、そのとおりにしてくれたのよ。記者たちはみんなそのあとについていったわ。彼女には悪いことをしたわね」まだうしろめたさを感じて、ミリーは顔をしかめた。「でも、大丈夫だと思うわ。とてもしっかりした人だから」

レアンドロはのけぞって笑った。「きみのことを見くびっていたよ。それでも、そういうことはやめてもらわなければならない。世間には、ぼくに近づくためにきみと赤ん坊を利用しようという輩《やから》がいるんだ」

胃が崖《がけ》をころがり落ちていくようにミリーは感じた。「そういう人たちがコスタスを誘拐するっていうの？」

「怯《おび》えさせたくはないが、脅迫を受けるときがある。この職業にはありがちなことなんだよ」レアンドロが慎重に言った。「だから、うちのセキュリティ・チームは警察と協力してリスク管理をしている。これからは、きみにも基本的な注意事項を守ってもらいたい」

ミリーは反射的にコスタスのベビーシートに手を置き、窓の外におそるおそる目をやった。

「この子は大丈夫だよ」レアンドロがシートに頭をあずけて目を閉じた。深刻な話をしていても気持ちは落ち着き払っているらしい。「この車には防弾ガラスがはめてあるし、運転手は危険を避けるドライビングテクニックに通じている」

「なんですって？　だれかに撃たれると思ってるの？」ミリーはシートの端で体を硬直させて、レアンドロはどうしてこんなときにくつろいでいられるのだろうと考えた。「これでも、あなたとわたしが住んでる世界は同じだっていうの？　わたしが住んでいた世界では、スーパーマーケットへ行くのに銃を持ったボディーガードなんかいらないわ」

レアンドロは目を閉じたままだった。「スーパーマーケットへ行くのがそんなに大切なことなら、きみのために早く開店するように手配するよ。そうすれば、警備員と揉《も》め事を起こさずに買い物ができる」

ミリーはくっくっと笑った。「いちばん乗りで食料品を買えるっていうの？」

「きみがそうしたいなら。スーパーマーケットの棚を空にするのは、気晴らしにはどうかと思うがね」レアンドロが言った。「だが、ぼくは女性の気持ちがわかる男ではないからな。これからは、どこへ行くかについてアンジェロとちゃんと話してほしい。

彼がきみの安全を守ってくれる」

「アンジェロ?」

「セキュリティ・チームがきみのために選んだボディーガードだよ。以前、特殊部隊にいた」

「それじゃあ、その人は毎朝家の壁をロープで伝いおりて、ベッドに朝食を運んでくれるのね?」

ミリーの辛辣《しんらつ》な言葉を聞いて、レアンドロは狼《おおかみ》のような笑みを浮かべ、やっと目を開けた。まるで、目を覚ますだけの価値のあるものを見つけた肉食獣のようだった。「いや、愛する人《アガピ・ム》。きみの寝室へ近づくようなことがあれば、彼は首だ。きみが裸でシーツにくるまっているときは、ぼくがきみを守る」

黒い瞳のなかでぎらつく男くささに気づいて、ミリーの心臓がどきどきした。息もできずにレアンドロの瞳から視線を引きはがすと、今度はブロンズ色の喉元にかすかにのぞく黒い胸毛に目を奪われた。

そこから顔をそむけると、次は肩の広さに注意を引かれた。結局、ミリーはまぶたを閉じた。彼を求めないようにするには、見ないでいるしかなかった。

それでも、下腹部を熱く締めつける甘美な感覚は消えなかった。助けて。死に物ぐるいで考える。レアンドロはとてつもない男の魅力を持っていて、それを自覚している。

「レアンドロ」声がしわがれた。「もう一年たったのよ」

「どれだけたったかは正確に知っているよ」レアンドロが喉を鳴らすような低い声で言った。

ミリーはレアンドロにちらっと目をやり、官能のこもったまなざしに身を震わせて、すぐに視線をそらした。「なぜわたしに戻ってほしいのかわからないわ」

レアンドロが低い笑い声を漏らした。「きみはぼくの妻なんだよ、ミリー。妻はそばにいるものだ。

たとえ何があろうと」

たとえ何があろうと。

どういう意味だろう？　夫の浮気に目をつぶらなければいけないという意味？

胃がむかむかして吐き気がした。レアンドロが姉と一緒にいるのを見たときと同じ気分だ。

夫に別の女性がいることに目をつぶって、一生過ごせると思っているの？　夫がほかの女性をベッドに連れ込んでいるあいだ、知らないふりをしていられると？　レアンドロがわたし以外のだれかと一緒にいると考えるたびに、心が少しずつ死んでいくのに。

ミリーは無表情でまっすぐ前をみつめた。

自尊心のある女性なら、そんな条件にイエスとは答えないだろう。

6

「とにかく気に入らないのよ。あの人は夫かもしれないけど、だからってわたしを好きなように扱っていいことにはならないでしょう」ミリーはコスタスの服を旅行鞄《かばん》に突っ込んだ。

赤ん坊はくっくっと喉を鳴らして喜び、脚をばたばたさせた。

「わたしたちは相性が悪いの。どうしてあの人にはそれがわからないのかしら？　でも、運がよければ、わたしが出ていっても、あの人はあとを追ってこないかもしれないわ。いまの生活の邪魔になる赤ちゃんをほしがるとは思えないもの」ミリーはあの女優のことを考えたが、考えなければよかったと思った。

「世界じゅうの女性が手に入れたがっている男性と結婚しているのは楽じゃないんだから。世界じゅうの男性が手に入れたがる女性じゃないかぎりね。でも、わたしは違う」沈んだ思いに浸ってからバッグを閉じる。「あの人、〝妻はそばにいるものだ。たとえ何があろうと〟なんて言ったのよ。あの人がモデルや女優に笑いかけるのを、わたしは指をくわえて見ていると思ってるんだわ」ベビーベッドの下に旅行鞄を隠す。「そんなことできない。この一年、あの人を忘れようとしてきたのよ。あんなこと、もうこりごり」

「何がもうこりごりだって?」部屋の入口から、レアンドロの声がした。

「し、新聞記者たちに、お、追いかけられることがよ」舌がよくまわらなかった。ミリーは胸をどきどきさせてコスタスを抱きあげ、それからレアンドロに顔を向けた。

彼はブラック・ジーンズにカジュアルなシャツという格好で、スーツを着ているときと同じく、どこからどこまでセクシーだ。

この人をつかまえていられなかったのも無理はない。ミリーはみじめな気持ちで考えた。この人のために出ていくのだ。彼は、このわたしも赤ん坊も望んでいないのだから。

そんなミリーの気持ちの揺れも気にせず、コスタスは腕の中でいつの間にか眠っていた。

レアンドロがかすかにほほえんだ。「だれかさんはお疲れのごようすだな。その子をベッドに寝かせて、食事にしよう。計画を立てなければならない」

ミリーは仕方なくレアンドロのあとについてダイニングルームへ行った。しかし、神経がぴりぴりして、食べたりおしゃべりしたりするどころではなかった。皿にのった料理をつつきまわしながら、いちばん安全な脱出ルートと移動手段を検討する。

レアンドロは向かいの席にゆったりと座って、ミリーの頭のなかを見透かそうとするかのように、注意深く見守っていた。

ミリーが彼とベッドをともにしないですむ理由を必死で探していたとき、メイドの一人が近づいてきて、レアンドロに伝言を伝えた。

レアンドロは唇を引き結んで立ちあがり、ナプキンをテーブルに置いた。「すまない。電話に出なければならないんだ。今回だけだ。約束するよ」

「気にしないで。わたしはコスタスのようすを見てくるから」力が抜けるほどほっとして、ミリーはこのチャンスに飛びついて席をはずすと、赤ん坊と一緒に子供部屋に閉じこもった。いま出ていくべきかもしれないが、今夜はもう遅すぎて、すぐに電車はなくなってしまう。

だめだ、明日の朝早くにしよう。

この数日の出来事でくたくたになっていたミリーは、コスタスの部屋のベッドに横たわると、またたく間に眠りに落ちた。

レアンドロは子供部屋のドアを開け、ミリーがベッドで眠っているのを見て口元をこわばらせた。ミリーは髪をくしゃくしゃに乱し、頬を薔薇《ばら》色に染めて、体を丸めている。隣のベビーベッドで寝ている赤ん坊にそっくりだった。

ミリーはまたしても愛し合うのを避けている。明らかに、姉との〝浮気〟を許していないからだ。しかし、問題の根はそれよりもさらに深いところにある。いまは〝プール事件〟と呼んでいる一件が起こるずっと前から、ミリーは愛し合おうとしなかった。

そして、最後には去っていった。それは言い訳のできない許しがたい罪だ。

過去から伸びてきた冷たい指で肩をなでられて、レアンドロはそれを振り払った。現在以外のことを、くどくど考えるのはいやだった。いつも前へ進んできたのだ。

だからミリーにこんなにも怒りを感じるのだろうか？　彼女の行動が忘れようとしている昔のことを思いださせるから？

一年前にミリーに感じた失望が、まざまざとよみがえっていた。

失望を感じたのは、ミリーに対してだろうか？　それとも自分自身に？

ミリーという人間を読み違えていたせいで、プライドが傷ついたのか？　かつてはなかったものが、彼女のなかに見えたせいで？　結婚式の日、ミリーがどんなに子どもをほしがっているかという話を聞いて、妻としても母親としても完璧《かんぺき》な女性を見つけた自分を幸せだと思った。

ミリーは困難に立ち向かう女性だと思っていた。それなのに、そのときが訪れたとたん去っていった。

判断を誤っていたと認めるのは、あれから一年たったいまも簡単ではなかった。レアンドロは子供部屋を出て自室へ向かいながら考えた。

それならなぜ、ミリーにここにいろと迫ったのだろう？　あの赤ん坊に両親のそろった家庭を与えると、自分に誓ったからだ。

それに、愛情がなくても欲望をかきたてる方法は知っていたので、その点で、問題は起きないはずだった。

レアンドロはギリシア語で毒づくと、シャツを脱ぎ捨ててバスルームへ入った。ミリーがコスタスと一緒に眠ることにしたからには、冷たいシャワーを浴びるしかない。

「海のそばの村に小さなフラットを借りているの。あなたも気に入ると思うわ」ミリーはタクシーに持ち込んだポータブルのベビーシートにコスタスを座らせ、シートベルトを締めながら言った。家の前でまだ張りこんでいるかもしれない記者たちを避けて、外が暗いうちに庭を通り抜けたのだ。

タクシーの運転手がバックミラーをちらっと見て顔色を変えるのがわかった。もしかして、この顔に見覚えがあるのだろうか？

その結果起こりうる恐ろしい事態を想像して、ミリーはミラーに映らないように頭の位置を低くしたが、すぐに理由もなく怯《おび》えているだけだと考え直した。

この顔を一度見て、もう一度見る人などいない。

それに、ベビーカーを押してバッグとベビーシートを抱え、次の通りまで歩いてからタクシーに乗ったので、レアンドロの屋敷から出てきたのを見られてはいないだろう。

駅前に着くと運転手はタクシーを止め、ベビーカーとベビーシートをおろすのを手伝ってくれた。ミリーはこれだけのお金があれば何が買えたかは考えないようにして、チップをたっぷりはずんだ。

「電車が出るまで三十分あるから、コーヒーショップを探しましょう」ミリーはコスタスにそう言って、朝早くから込み合う駅のなかを、スーツ姿の男女を縫うようにして進んだ。コーヒーショップを見つけてなかへ入り、自分が飲むカプチーノを買って静かな奥のコーナーに席を取る。

そして、コスタスをベビーカーから抱きあげてミルクを飲ませていたとき、いきなり目もくらむような光が炸裂《さくれつ》した。驚いて視線を上げると、百万ものカメラがいっせいにフラッシュを閃《ひらめ》かせた気がした。

ぞっとしてブランケットをつかみ、それをコスタスにかぶせてカメラから隠す。「来ないで！」

ミリーはそう叫びながら目で逃げ道を探した。いまや記者たちは周囲を三重に取り巻いて、出口までの道をふさいでいる。

どうして気づかなかったのだろう？

記者がいると予期していなかったからだ。わたしは振り返ってうしろを確かめる生活に慣れていない。

「その子の世話をして楽しいのか？　あんたにとって楽なことじゃないだろ？」すぐ横から荒っぽい男の声がして、ミリーはそちらへ顔を向けた。みすぼらしい服を着た男が隣のテーブル席に座り、テープレコーダーを手にしていた。

わたしがこの店に入ったときから、ずっとそこにいたのだろうか？　いや、たしか、すぐあとから入ってきた。尾行されていたにちがいない。

ミリーが震える手でコスタスをベビーカーに戻しかけたとき、カメラマンたちが赤ん坊の顔を撮ろうと押し寄せてきた。

とりわけ執拗《しつよう》な一人の記者が、ブランケットを取ろうと手を伸ばした。ミリーはコスタスを安全な場所へ移したが、体はがたがた震えていた。それに、これからどうすればいいのかさっぱりわからない。だんだんとふくれあがる人垣の輪のなかに閉じ込められてしまっていた。

記者たちの目のなかに決意の色を見て、ミリーは唯一できることをした。

コスタスをかばうようにして抱き、ポケットから携帯電話を取りだしてレアンドロに電話をしたのだ。

家を出たことで彼は激怒していると思っていたが、簡潔なやりとりをしただけでいまいる場所をきかれ、そこを動かずにじっとしていろと命じられた。

記者の群れに目をやって、ミリーは笑いを噛《か》み殺した。動くですって？　どうやって？

レアンドロはすぐにやってきた。筋肉質の体から威圧的なオーラを漂わせて、小さなコーヒーショップにつかつかと入ってきた。

レアンドロが権力のにおいを振りまいて記者たち

に何か言うと、それは明らかな効果を及ぼした。記者たちはあとずさり、何人かは駅のなかへ消えていったのだ。

自分にレアンドロの存在感のひとかけらでもあればいいのにと思いながら、ミリーはふらふらと立ちあがり、コスタスをベビーカーに寝かせた。

「荷物はこれだけか？」レアンドロが精悍《せいかん》な顔をにこりともさせずにバッグを取りあげた。

「バッグとベビーカーとベビーシートよ」一人で記者たちを相手にするべきだったかもしれない、と考えながらミリーは言った。「あなたと一緒には帰らないわ」

「その話をここでするのはやめないか？」レアンドロはもう片方の手でベビーシートを持ちあげ、ミリーに道をあけた。「これ以上、注目を集めないうちに行こう」

「これ以上の注目を集めることなんてできるの？」

この発言に、レアンドロがかすかにほほえんだ。

「信じないかもしれないが、できるんだ」

「記事にするようなねたはないと思っていたのに」

レアンドロがいらだちをあらわにして見つめた。

「たったいま、きみがそのねたを与えただろう、ミリー。きみはマスコミというものを知らないのか？」

「ええ。マスコミだけじゃなく、あなたの生活についてまわるものは何も知らないわ。わたしたちの結婚がうまくいかないわけが、これでわかったでしょう？」ばかなことをした自分に腹が立って、ミリーがつかつかと店の外に出ると、そこにはセキュリティ・チームから派遣された巨体の男性たちが四人配備されていた。

連れてきた大男たちを使わずに、レアンドロが自分一人で記者たちを相手にしたのはなぜだろうと考えながら、ミリーは屈強な男たちに周囲をガードされ、恥ずかしさで顔を真っ赤にして混雑した駅のなかを進んだ。

歩行者たちが足を止めてじろじろ見ていた。どうしてミリーのような女性がボディーガードに身の安全を守ってもらう必要があるのかと、不思議がる声が聞こえてきそうだった。

駅から出たところで立ち止まりそうになったが、背中に置かれたレアンドロの手が、駐車禁止区域に止められた黒塗りの車のほうへと彼女を押していった。

ミリーが乗り込むと運転手がドアをロックして、車を発進させた。ボディーガードたちは別の車であとからついてきた。

ミリーは口論が始まるものと気を引き締めたが、レアンドロは黙っていた。そのかわり、ポケットから携帯電話を取りだしてどこかへかけ、早口のギリシア語で何かしゃべった。

しばらくすると車は屋敷の門を通って前庭を走り抜け、まっすぐガレージに入った。二人はそこからだれにも見られずに家のなかへ移動した。

ミリーは二階までの吹き抜けになった玄関広間に、はるかな高みから差す日光に照らされて立った。自分がちっぽけで無意味な存在に感じられる。こんなにたくさんの事件が起きたのに、コスタスはどうして眠ったままでいられるのだろう？

レアンドロは廊下にバッグを置き、メイドにベビーカーを片づけさせると、ベビーシッターに赤ん坊の世話をするよう指示した。それから、巨大な屋敷の奥にある温室へミリーを連れていった。

温室は珍しい植物でいっぱいだったが、ミリーはすっかり元気をなくして、美しいものに囲まれても心を慰められはしなかった。

「また出ていったんだな」レアンドロの口調は荒々しかった。

「あなたがほかの女性たちと遊びまわるのを見ながら、年を取るのはいやなのよ」

「いつぼくがほかの女性たちと遊びまわりたいと言った？」レアンドロが愕然《がくぜん》とした顔をした。

「わたしはあなたのそばにいなくてはいけないと言ったわ。たとえ何があろうと」ミリーは思いださせた。「〝何があろうと〟っていうのは、〝あなたがだれをベッドに連れ込んでも〟っていう意味でしょう。でも、気づかないふりなんてできない。そんなことを言われても無理よ」

「〝何があろうと〟というのは、人生に何が起きても二人で団結して、一緒に立ち向かうという意味だ」レアンドロの口調には信じられないという響きがあった。「ぼくは浮気をするつもりなどない。一緒に眠りたいのはきみだけだ」

服を脱いだミリーを見たらそんな気持ちは変わるとわかっていたので、彼女は不安な思いで立っていた。「わたしたちの気持ちがもう冷めていたら？」

レアンドロの動きはあまりに速くて、どうしてそうなったのかミリーにはわからなかった。だがいつの間にか彼が目の前に立ち、唇を重ねていた。

信じられないほどの心地よさに時間と場所の感覚が失われたとき、レアンドロがやっと頭を上げた。

「そんな問題はなさそうだ」

ミリーは震える両手をジーンズにこすりつけた。

「こんなことをしてはだめよ」

「生まれたときからずっと、そう言われ続けているよ。そんな意見を聞いていたら、いまだにギリシアの離れ小島でぶらぶらしていただろうね」レアンドロが余裕たっぷりに言った。「最後にもう一度だけきくよ、ミリー。ここにいるか、出ていくか？」

この身に何が起こったか知られたらすぐに捨てられるのはわかっていたが、ミリーはうなずいた。

「ここにいるわ」少なくとも、ここにいればコスタスと一緒に過ごせる。

「よかった」

「でも、あなたの妻に戻ったら、ボディーガードと運転手なしでは、コスタスと出かけることもできないのね？　そんなのが生活って言える？」

「それが特権を持つ者の生活だよ」携帯電話の呼出音が鳴ったのを無視して、レアンドロが物憂げに言った。「だが、記者たちがハイエナのようにうろついているあいだは、どこかよそへ移ろう。こういう取材攻勢は赤ん坊にとって危険だからな」

ミリーは唇を噛んだ。「どこへ行くの？」レアンドロがコスタスを守ろうとしているのには胸を打たれたが、赤ん坊の幸せを気にかける理由は一つしかないとわかっていたので、ミリーの心は乱れた。

「午前中にスピラソスへ飛ぶ」

「ギリシアへ行くの？」ミリーの気持ちが沈んだ。ハネムーンでレアンドロが所有する島へ連れていかれ、そこで三週間、太陽と海と二人だけの夜を楽しんだ。あの気ままな三週間はとても幸せだった。二人のあいだの問題はまだ表面に浮かびあがっていなかった。毎朝笑顔で目覚めるくらい幸せに酔い、激しい恋をしていた。いまはあの島へ戻ると考えただけで気分が悪くなった。「なんでギリシアなの？」

「あの島ならプライバシーを保てるからだ。それに、ぼくたちの関係はギリシアにいたときは完璧だったからだよ。世間の目から離れれば、リラックスできるだろう」

リラックスですって？　どうしてリラックスできるのかしら？　人生でいちばん幸せな時間を過ごしたスピラソス島に、レアンドロと一緒に閉じ込められて？　これから何が起こるかわかっているのに？

「ギリシアへ行く準備ができていないわ」

「必要な支度はメイドがしてくれる。きみは自家用機に乗るだけでいい。服の心配をしているなら、そんなものはいらないよ。ゆうべは一人で眠らせたが、今夜は……」レアンドロが危険な笑みを閃かせる。

「まあ、夕食のためにドレスアップしなくていいとだけ言っておこう」

今夜ですって？　ミリーの胃がむかむかした。

レアンドロははるばるギリシアまで飛んでいって、これ以上ミリーと一緒にはいたくないと思い知ることになるのだ。

ミリーはもう一度コスタスのようすを確かめた。青く輝くエーゲ海を見おろすテラスに立つレアンドロと顔を合わせるのを、先延ばしにする理由があるのはありがたかった。

ギリシアまでの飛行機の旅は順調だった。コスタスはほとんどずっと眠っていたし、レアンドロは読書をしていた。それで、ミリーには夕方からのことを考える時間がありすぎるほどあった。

いま、その夕方がやってきたのに、まだテラスへ出ていくことができない。レアンドロに拒絶されるのが怖くてたまらなかった。

「その子と夕食を食べるつもりかい？」レアンドロの男っぽい声が背後から聞こえた。

捜しに来るとは思っていなかったので、ミリーはぎくりとした。「コスタスが大丈夫かどうか、ようすを見ていたのよ」

「もちろん、大丈夫さ。飛行機に乗っているあいだずっと寝ていたし、いまも眠っている。つまり、きみがぼくと一緒にテーブルにつくことのできない理由はないということだ」

「どうして？」ミリーの耳に自分の声が絶望的に響いた。「なぜわたしといたいの？」

「結婚した夫婦は一緒に夕食を食べるものだろう」

「今夜は赤ちゃんと一緒にいるほうがいいんじゃないかしら」ミリーは予防線を張った。「目を覚まして、知らない場所にいることに気づくといけないから」

「気づいたら泣きわめくよ。不満があれば遠慮なしに知らせるのが、コスタスの得意技の一つだ」レアンドロが精悍な顔にかすかな笑みを浮かべて、赤ん坊をじっと見おろした。「どの寝室の窓もテラスに向かって開いているから、泣けば聞こえるさ」

「この子を置いていきたくないの」

「ここにはメイドが八人いるんだ。きみが自分で選んだベビーシッターもね」レアンドロの声音には怒りがこもっていた。「どうして、きみはぼくと一緒に夜を過ごすのを怖がるんだ？　ぼくはそんなに野蛮人か？」

ミリーは首を振った。「いいえ」

レアンドロがいらだたしげなため息をついて、ミリーの顎の下に指を差し入れた。「きみはスピラソスが好きだと思っていたんだ。ここへ来れば喜んでくれるだろうとね」

「ここは静かすぎて」ミリーは二人だけでいるのが気づまりで、そう言った。

レアンドロはその言葉を誤解したようだった。

「それがいやなら、買い物に行けるように手配しよう」

「買い物になんか興味はないわ」

「ミリー」レアンドロの口調はそっけなかった。「以前のきみは何を着るか決めるのに何時間もかかっていた。だから、服に興味がないなどと言うのはやめてくれ。きみみたいに長い時間クロゼットのなかを見つめたままでいる女性には会ったことがないからな」

それは、何を着ればいいかわからなかったからだ。絶望的なほど不安で、レアンドロがだんだんと離れていったせいで、その不安はますます大きくなった。ミリーが懸命になればなるほどレアンドロは逃げ腰になり、一時の気の迷いで結婚したことを深く後悔しているのがはっきりわかるまでになった。しかし、一年前の自分にとってレアンドロの妻でいることがいくらつらかったとしても、いまのつらさに比べれば、ほんのちっぽけなものに思える。

あの日、家を出てから起きたことを何もかも打ち明けるには絶好のチャンスだったが、どうしても言葉が口から出てこなかった。

「コスタスのことがそんなに心配なら」レアンドロが物憂げな口調で言った。「きみがシャワーを浴びて着替えるあいだ、ぼくがこの子についているよ」

ミリーは最後にもう一度ベビーベッドに視線をやって、コスタスが目を覚まして泣きわめいてくれるよう祈った。夕食をすっぽかす理由を与えてくれるのを願った。だが、赤ん坊は静かに横たわり、小さな口元に満ち足りた笑みを浮かべて眠っていた。

つまり、ミリーにはもう理由はなくなった。

レアンドロは腕時計に目をやって、手近な椅子に座って脚を伸ばし、あきらめのため息をついた。以前の経験から言って、長く待つことになりそうだ。

もちろん、結婚当初は違った。ミリーは一瞬でもこの自分から離れていられなかった。バスルームではいつも一緒だった。触れ合い、愛をかわし合って。

ミリーのひたむきな愛の深さには驚かされた。言動を慎んで自己防衛をはかる女性たちばかり見てきたので、ミリーのようにあけっぴろげで素直に感情を表わす相手は初めてだった。ミリーは両親の果樹園の木と同じくまっすぐに育っていた。

それとも、そう思っていただけなのだろうか？

ハネムーンを終えてロンドンに着いた日、すべてが変わった。

突然、ミリーはレアンドロが大人になってから交わるようになった女性たちの一人に姿を変えた。外見を気にするようになり、まるで別人になった。レアンドロは昼間ふいに帰宅してミリーを驚かせ、数時間の情熱的な愛をかわすのをあきらめなければならなかった。ミリーが家にいなかったからだ。来る日も来る日も、昼間は美容院で過ごし、夜はレアンドロと一緒にパーティーに出かけた。そして、有名人のゴシップをあさったり、自分の写真を眺めたりして何時間も過ごすようになった。

それなのに、この二日間は外見のことなどほとんど忘れているように見える。

女性は謎《なぞ》だというのは誇張ではなかったのだ。

レアンドロは眠っている赤ん坊を見つめた。そのとたん、自制心を揺るがすほどの感情が込みあげた。

母親に捨てられた孤独な子ども。この子の母はこのぼくを利用して……。

その先は考えないことにして、仕事で気を紛らわそうと、ポケットから携帯電話を取りだした。そのとき物音がしたので目を上げると、ミリーがドレッシングルームの入口に立っていた。

レアンドロは携帯電話をポケットに戻した。「早かったな」ミリーの外見に視線を走らせて驚く。髪をくしゃくしゃにしたまま垂らし、唇に透明のリップグロスをつけただけで化粧もしていない。身につけているのは、シンプルなグリーンのシャツと男物のズボンのようなトラウザー・パンツだった。「きみが着るものを選ぶまで、少なくとも一時間は待たせられると思っていたよ」

ミリーは頬をかすかに染めて、弱々しい笑みを浮かべた。「あまりほめられたことじゃないわね。もう、あなたによく見られようと思っていないのよ」

レアンドロは眉をひそめた。「以前はよく見られようとしていたのか？」

「最高のわたしを見せたいと思っていたわ」ミリーは前かがみになって、手に持っていた靴にほっそりした足を滑り込ませた。

ミリーが言った言葉についてまだ考えながら、レアンドロは悩殺的なハイヒールだけは昔と変わらないことに気づいた。「以前のきみはそんなズボンを絶対にははかなかった」

ミリーがレアンドロには読み取れない表情をした。「ズボンは楽なのよ。何か問題がある？」

「いや、何も」二人の問題の根は、ミリーがどんな洋服を選ぶかということなどよりずっと深いところにある。レアンドロはミリーが部屋を横ぎってきて、赤ん坊のようすをまた確かめるのを見ていた。彼女はどこかおかしいが、それが何かわからない。「もう食事にしていいか？ アリッサが夕食をテラスに用意してくれたんだ」

ミリーはベビーベッドのなかに腕を伸ばし、眠っているコスタスの体を上掛けでやさしく包み込んでから、ゆっくりと手を離した。「いいわ」

まるで破滅へ向かう覚悟をした人間のような口ぶりだった。すべての言動が、この前この別荘で過ごしたときとはまったく違っている。レアンドロはミリーの肩をつかんで問いつめたかった。

けれども、実業界に身を置いた年月のあいだに、話すべきときと沈黙を守るべきときを学んでいた。レアンドロは沈黙を守るほうを選び、無表情のままミリーをせきたててテラスへ連れていった。

夜は始まったばかりだ。レアンドロは胸のなかで言った。時間はまだたっぷりある。

7

ミリーはむかつきがますますひどくなるのを感じながら、皿の上の料理をつつきまわしていた。

テーブルの中央ではキャンドルの炎が揺れ、あたたかな夕暮れの静けさのなかに、じいじいと鳴く蟬《せみ》の声がしつこく響いている。はてしなく広がる美しい海の上をときおり鳥がかすめ飛ぶと、ぱしゃっと水が跳ねる音がした。

向かいの席には、レアンドロが黙って座っていた。気持ちが乱れる一方のミリーとは対照的に、くつろいだ姿勢で椅子の背にもたれている。カジュアルなポロシャツを着ているが、そんなシンプルな服装がなぜか男らしさを強調していた。レアンドロは何を着ても人目を引く。ミリーはそう考えてフォークを置き、食べるふりをするのをやめた。

彼は浮気をしたのだろうか？

その不安を取り除いてくれようとしないのは、いかにもレアンドロらしかった。自信に満ちあふれているので、不安な思いをしている人間がいるなどとは考えないのだ。

「きっとアリッサは朝から働きどおしだったでしょうね」ミリーは気を遣って話しかけた。「すばらしい料理だわ」

「それなら、なぜひと口も食べない？」

「おなかがすいてないの」

レアンドロは身を乗りだしてヨーグルト風ソース《ザジキ》をすくい、ミリーの皿に盛った。「初めて会ったころ、きみはいつも腹をすかせていた。夕食に連れていったときには、三人分食べたんだぞ」

「すごく体力を使う仕事をしていたのよ」ミリーは

言い訳がましく言った。「農場で働いてたから。ちゃんと食べなければ倒れていたわ」

レアンドロが椅子に背中をあずけて、テーブルの向こうから見つめた。「怒らせたようだね。だが、なぜ怒るのかわからない」

「わたしを批判したから」

レアンドロが首をかしげた。「いつ批判した？」

「わたしが三人分食べたと文句を言ったわ。あなたがつき合う女性は食べない人ばかりですものね」ミリーは皿に盛られた料理を無視した。「あなたが属している社会では、食べることは不倫より大きな罪なのよ。だから、三人分食べたと指摘されて、わたしがどう感じると思う？」

レアンドロが思案顔で言った。「きみは料理をおいしそうに食べる。ぼくはきみのそういうところが好きなんだと考えればいい」

「そうは考えられないわ」ミリーはかっとして首を振った。「それを裏づける証拠がないもの」

「きみはすばらしい体をしているよ」レアンドロが身を乗りだして、香辛料入りのソーセージをザジキの隣によそった。「食べて。アリッサはきみをもてなすために一日じゅうキッチンにこもっていたんだ。きみがギリシア料理を好きなことを覚えていたんだよ。とくにこのソーセージをね。きみの好物だっただろう」

「どんなにカロリーがあるか教わるまではね」

「だれにそんなことを教わった？」

「名前は知らないわ」ミリーはあのとき降りかかった災難を思いだして、頬に血がのぼるのを感じた。「親切で教えてくれたんだと思うの。あなたが住んでるおかしな世界に、わたしが適応できるように助けてくれたのよ」

「ぼくはきみと同じ世界に住んでいるんだよ、ミリー」

ミリーは周囲を見まわした。「それは思い違いだわ。あなたは、ほかの人たちとはまったく違う世界にいる。わたしが適応できなかったのも無理はないのよ」

レアンドロは身じろぎもしなかった。「そんなふうに思っているのか？　適応できなかったって？」

「あなたがお友だちと呼んでいるお嬢さまたちと、あんまり共通点がなかったことぐらい、天才じゃなくてもわかるでしょう。わたしが考える顔のお手入れっていうのは、収穫期のあいだ、朝五時に目を覚ますために冷たい水をかけることなのよ」

レアンドロはすぐには返事をしなかった。その体がこわばるのを感じ取って、ミリーはふいにうしろめたさに襲われて唇を噛《か》んだ。

「ごめんなさい」小さな声で言う。「あなたのお友だちを批判するつもりはなかったの。あの人たちのせいじゃないわ。優雅な白鳥の群れのなかに象の子を落としたら、白鳥が驚くのも無理ないもの」

レアンドロの目がキャンドルの炎を受けて暗い光を放った。「つまり、きみは象の子というわけか？　そんなふうに感じていたのか？」

長いことじろじろ観察されて、ミリーは落ち着かなくなって椅子の上で体をもぞもぞさせた。「どんなふうに感じていたと思うの？」

レアンドロが口もとをぴくりと引きつらせて、優美なワイングラスのステムをいじくった。「正直に言えば、考えたことがなかった。きみと違って、ぼくは言葉の裏の意味を探らない。だから、教えてくれないか？　なぜ夕食を食べない？」

「胃がむかむかするの」

レアンドロの黒っぽい眉毛が心配そうにひそめられた。「具合が悪いのか？」

「いいえ。神経質になっているだけ」

「何に？」

「もちろん、あなたによ」

レアンドロの目がミリーの視線を受けとめた。「ぼくのせいで気分が悪いのか？」グラスをテーブルに置く。「どうして？」

「わからない。わたしは心理学者じゃないもの。でも、たぶんあなたがわたしに与える影響のせいだと思うわ。大富豪と結婚した田舎娘が不安でたまらなくなるのは当然でしょう」

レアンドロが椅子から腰を上げて、ナプキンをテーブルにほうった。そして唇をきっと引き結び、ミリーの顔に視線を据えたままかたわらに立った。

「おいで」

ミリーはレアンドロが差しだした手を見つめた。

「何をするの？」

「きみの不安を永遠に葬るんだ」レアンドロがそう言ってミリーの手を強く引っぱって立たせ、たくましい胸に抱き寄せた。「いまからきみのすばらしい体をよく調べさせてもらう。調べおわるころには、きみの不安は服と一緒に床に落ちてなくなっているよ」

そうはならない。ミリーの心臓がどきどきした。自分の体のことを考える。レアンドロが知らないことを。ベッドに連れていかれたら、必ず引き起こされるやっかいな問題について考える。「だめよ。もう少し時間が必要なの」

「時間はあげたよ、ミリー」レアンドロの口調は落ち着いていた。「それが間違いだった。ぼくたちのあいだの溝を広げただけだった。今度は別の方法でしよう。ぼくの方法で」

「わたしに選択権はないのね」

レアンドロの目がおかしそうにきらめいた。「ああ、そうだよ、愛する人《アガピ・ム》。きみはこの二日間で、ぼくたちが一緒に暮らしていた時間よりずっとたくさんのものをさらけだした。おかげで、きみのことをまるでわかっていなかったと思い知ったよ。だが、これからは違う」ミリーの赤く染まった頬に指を走らせる。「これからは、きみの頭のなかにあることをすべて知りたい。もうぼくを締めだすことは許さない」

ミリーはバスルームのなかに立って、身につけたローブをしっかりと体に巻きつけた。

どうすればいいかしら？　ローブを脱いで、裸で寝室へ入っていく？　それとも、レアンドロに脱がせてもらう？

どちらにしても、不幸な結末になる。

その瞬間をずっと恐れていたのだ。

これ以上それを先に延ばして、何かいいことがあるだろうか？　どうなるかを想像すると気分が悪くなるのだから、早く終わらせたほうがいい。

むりやり体を動かしてドアを開りる。一瞬そこで立ち止まってから、顔を上げた。

レアンドロは目を閉じ、無造作に手足を投げだしてベッドに横たわっていた。ベッドサイドの明かりが、なめらかなブロンズ色の肩を金色に染めている。

たまらなく美しいその容姿で、世の中のたいていの美女の目を引いてきたのに、どうしてわたしをほしがるのだろう？　離婚はよくないことだと思っているから？　それだけが二人をつなぎとめているか細い絆《きずな》なのかしら？

ほかの可能性は見つけられなかった。自信をなくしてバスルームへ引き返そうとしたとき、レアンドロの声がした。

「また逃げるなら、追いかけるぞ。ドアに鍵《かぎ》をかけたら、ぶち壊す。どうするか自分で決めろ」

ミリーは心臓をどきどきさせながらその場に凍りついていた。「わたしに決めさせてなんかくれないくせに」

「ここへ戻ってくることを選んだのはきみだ」いまではレアンドロの目は開いていて、男っぽいまなざしで見つめていた。「きみが見えるように、明るいところへ来てくれ」

ミリーはローブをぎゅっと握り締めて、この状況を乗りきる勇気があるだろうかと考えた。

震えて立ったままでいると、レアンドロが眉をひそめてベッドから跳ね起き、たくましい体つきをした男性にしては驚くほどの優雅さで近づいてきて、ミリーの肩をつかんだ。「きみが何を考えているのか知りたい」

「知りたくないはずよ」ミリーは首を振った。涙があふれそうだったが、いま泣くわけにはいかない。あとで泣く時間はたっぷりある。

レアンドロがいらだたしげにうなり、ミリーの顔を両手ではさむと、頭をさげてキスをした。「どうしてそんなに不安がるのかわからない。きみはとてもきれいだよ」

「きれいじゃないわ」ミリーはしわがれた声で言って、レアンドロの腕のなかから逃れてあとずさった。「きれいじゃないの。だから、あなたとこんなことはできない。できないのよ」

「どうして？　お姉さんと何かあったと考えているからか？」

「いいえ、違う。わたしのことよ。もう、どうしようもないの。ごめんなさい、レアンドロ」ミリーは寝室から走りでようとしたが、涙でくもった目で突き進んだせいでドア枠にぶつかった。しかし、突然の腕の痛みは、それよりはるかに大きい心の痛みにすっかり覆い尽くされていた。そのまま別荘の奥にあるゲストルームまで行き、なかへ逃げ込んでドアに鍵をかけて、明かりもつけずに床にくずおれた。

もう一度、結婚生活をやり直そうとするべきではなかったのだ。レアンドロに何が起こったかを伝えて、まだいくらかでも威厳が残っているうちに立ち去るべきだった。

どうして彼と一緒にとどまることを承諾してしまったのだろう？

このみじめな状況でも最後は幸せになれると、愚かにも頭のどこかで期待していたの？

絶望の底に突き落とされて、涙が流れる。

そのときドアがすさまじい音をたてて開き、ミリーはぎくっとした。

レアンドロが立っていた。明かりを背中に受けて、強靭《きょうじん》な体がシルエットになって浮かびあがっている。「きみがいくらドアに鍵をかけても、突き破る。いくら逃げても見つけだすぞ」

低い声で毒づいて明かりをつける。そして、ミリーの憔悴《しょうすい》しきった姿が照らしだされると、はっと息をのんだ。涙で汚れた顔に目を据えて、口元をこわばらせる。

「ミリー？　いったいどうした？」かすれた声で言い、レアンドロは途方に暮れたようすで両腕を広げた。「なぜ泣いている？」

「ほうっておいて」ミリーは膝を抱き寄せて両腕のあいだに顔を埋《うず》めた。「お願いだから、ほうっておいて」

「腕から血が出ている。きっとドアにぶつかったときに、すりむいたんだ。見せてごら――」

「あっちへ行ってよ！」

一瞬、ミリーの言葉は聞き入れられたかに思えたが、すぐに落ち着き払った足音が聞こえ、レアンドロがかたわらにしゃがむのがわかった。この人はどんな問題が降りかかったとしても、冷静に対処できるのだ。

「これでは病気になってしまうよ。いい加減にしてくれ」レアンドロがミリーの両わきに手を差し入れて、体を引きあげて立たせた。

ミリーは涙で腫《は》れた目でレアンドロを見あげ、どうにか言葉を絞りだした。「ええ、そうね。わたしたちの関係がうまくいくなんてふりをするのは、いい加減でやめるわ。わたしたちは終わったのよ、レアンドロ。終わったの」

「きみはひどく動揺している」レアンドロはミリーがふたたび床にくずおれないようにしっかりと抱き締めた。「動揺しているときに結論を出すのはよくない」

「いつ出したって、結論は変わらないわ。本当に終わったんだから」ミリーが声を張りあげると、レアンドロが両手で頬を包んで顔を仰向けた。

「ミリー、ゆっくり息を吸ってごらん」レアンドロの男っぽい声は驚くほどやさしかった。「ゆっくり。そうだ。もう一度。さあ、今度はぼくの言うことを聞いてくれ。いいね？　そして、ぼくを信じてくれ。どんなに悪いことでも、話してくれればぼくが解決する。とにかく、いまは落ち着くんだ」

レアンドロの思いがけないやさしさが、事態をますます悪くした。「どうしてほうっておいてくれないの？」

「今度は問題から逃げてはいけないと言っただろう」

だがレアンドロに抱き寄せられたとき、ミリーはその腕を振り払ってあとずさった。「さわらないで」レアンドロがはっと息をのむ音が聞こえ、はっきりした拒絶が彼を傷つけたのだとわかった。

「ぼくを信じてくれないんだな」

「信じるか信じないかの問題じゃないの。姉さんのことでもないの。それに、解決することなんかできない。すぐ……すぐにわかるわ」両手がぶるぶる震えて、ローブの前を閉じ合わせているシルクの紐《ひも》がほどけない。ミリーはいらいらして叫びだしそうになった。やっと結び目をゆるめてから、唇を噛み締めて、しなければいけないことをする勇気を出そうとした。「家を飛びだす前も、あなたがなぜわたしを求めるのかわからなかった。きれいだと言ってくれたけど、ちっともきれいじゃなかったから。いまは、あのときよりひどいのよ」

「そういう判断にかけては、ぼくはだれにも負けない」

「いいわ。じゃあ判断して」これ以上考えて気が変わらないうちに、ミリーはローブを肩から滑り落とした。

裸でレアンドロと向き合い、無言でレアンドロの判断を待つ。彼の精悍《せいかん》な顔に、この一年のあいだにミリー自身が感じたもののすべてが表われていた。

驚きと不審と嫌悪が。

それらの感情がすべて、レアンドロの顔に浮かんでいた。

「これでわかったでしょう。あなたとうまくいかないと言ったわけが。いまのわたしがどうしたらあなたにふさわしいきれいな女性になれるの？」傷ついた肉体を実際にさらけだしてみると、考えていたほど大きなショックを受けはしなかった。いまは、ただほっとしていた。

もう、ふりをしなくてもいいのだ。

レアンドロに離婚されて、わたしは自分の人生を続けていくんだわ。夢見ていた人生ではないかもしれないが、それでいい。ばかげた夢を見ていただけなのだから。

静かにまたローブをはおり、ミリーはレアンドロの驚いた顔を最後にもう一度見やって、言葉を失った彼を見たのは初めてだと考えた。

「ごめんなさい」疲れた声でささやく。「あなたをこんな目にあわせて。残酷だったかもしれないわね。でも……ほかに方法を思いつかなくて」ミリーは抑えきれずに手を上げてレアンドロの腕に触れた。そして、彼のためにせめてしてあげられるのは、その人生から出ていくことだと気づいた。

手をおろして、レアンドロのそばを通りすぎ、部屋の入口へ向かう。力を使いはたし、ぐったりしていた。

「何をしている、ミリー？　今度出ていったら、ぼくは何をするか責任を持てないぞ」レアンドロの声がミリーの敏感になった神経の末端にまでびりびり響いた。「ここにいるんだ。とにかく……」言葉をとぎらせて、明らかに感情と闘っているようすで顔をこする。「とにかくもう少し時間をくれ」

ミリーは足を止めた。「そんなこと、無理して言わなくていいのよ。何を言ったって、それで何かが変わりはしないんだから」

「とにかく待ってくれ」レアンドロは鼻の横を指で押さえて、ゆっくりと息を吐いた。「きみはわかっていない――」

「いいえ。あなたが何を考えているかはわかってるわ」

「そうかな？」レアンドロの口調はとげとげしかった。「それなら、ぼくがどんな自問をしているか、わかるっていうんだな？　ぼくは、どうしてきみが打ち明けてくれなかったのかと自問しているんだ。そのせいで、毎晩、背中を向けて眠っていたのかとね。いや、違うな……」眉をひそめて首を振り、いまは隠されているミリーの体に視線をやる。「一緒に暮らしていたときに起きたことなら、気づいたはずだ」

ミリーはレアンドロを見つめた。「家を出た日に起きたのよ」

「家を出た日に、何が起きたっていうんだ？」

「明日話さない？」レアンドロの表情が険悪になっているのを見て、ミリーはこれ以上会話を続けるのは耐えられないと思った。とにかく、いまは身を隠したかった。

レアンドロは空疎な笑い声をあげ、ミリーの手首をしっかりとつかんだ。「だめだ、アガピ・ム。これから二人で話し合うんだ。いや、話すのはきみだと言うべきかもしれない。これからすぐに始めてもらおう」

8

ミリーの手を握ったまま、レアンドロはテラスを横ぎってプールへ向かった。夕暮れの空気はまだむっとするほど暑く、形のいいカーブを描くプールは水中できらめく小さなライトで照らされている。

「夜、ここに座るのが大好きだったわ」ミリーは低い声で言って寝椅子の端に腰をおろした。

「ここで愛し合ったのを覚えているかい？」

ミリーは返事をしなかった。現在と向き合うには、過去を考えないようにするしかないとわかっていたからだ。「それで……何を知りたいの？」

レアンドロがすぐ近くに座ったので、長く強靭《きょうじん》な太腿がミリーの脚とこすれた。「何が起こったのか知りたい。どうしてそんな傷がついたのか」

ミリーはつながれた二人の手をじっと見おろした。

「あの日、ロンドンの家から車で出ていったとき……すごく動揺してて、どこへ向かっているかもよくわかってなかったの。いつの間にかロンドンの危険地域に入ってて、街灯の下で止まったら……」

ミリーの手を握っていたレアンドロの手に力がこもった。「どうしたんだ？」

「本当に聞きたい？」

「ああ」

ミリーは頭のなかに恐怖がどっとなだれ込むのを感じた。「街灯の下で止まったら、知らないうちに男たちにドアを開けられていたの。シートベルトをはずされないように抵抗したのがいけなかったんだわ。それで、割れた瓶でおなかを切られて……」

レアンドロが歯の隙間《すきま》から息をしゅうっと吐きだした。「どうしてキーを渡さなかった？」

「あの車は結婚祝いにあなたがくれたプレゼントだったのよ」ミリーはぼそっとつぶやいた。

「車は買い替えられる」

「大富豪らしいことを言うのね」

「失業手当で暮らしていて、きみの自転車が盗まれたとしても、同じことを言うよ」低く切迫した口調だった。「そんな危険を冒してまで守るほど、価値のあるものはない」

「その場にいたら、そんなにきちんと考えられはしないと思うわ。本能で反応してしまうのよ」

「それに、きみは動揺していた。それはぼくの責任だ」

「あなたは姉と浮気をしていないと言ったわね」

「していない。だが、きみが信じてくれなかったからといって、あんなに腹を立てるべきではなかった。きみが出ていくのを黙って見ていないで、引き戻して無実を証明すればよかったんだ。そうしていれば、こんなことにはならなかった」レアンドロがまた歯の隙間から息をしゅうっと吐きだす。「だが、とにかくいまは最後まで話してくれないか」

「ええ。男たちはわたしを車から引きずりだして、また何度か割れた瓶で殴ってから、バッグと車を奪って逃げたの。わたしは気を失って道路に倒れていた。身元がわかるものを何も持ってなかったから、何日かして病院で気がついたとき、みんながわたしはだれだろうって不思議がっていたわ。最初はひき逃げされたと思ったみたい」

「記憶喪失になったのか？」

「いいえ」ミリーは首を振った。「ぜんぶ覚えてた。車は十マイル離れた場所で火をつけられて捨てられていたそうよ。盗難届けが出てなかったので、所有者がわからなかったんですって」顔をしかめる。

「自分にすごく腹が立ったわ、男たちが街灯の下で待ち伏せしていたのに気づくべきだったのに」

「きみは都会に慣れているとは言えない」レアンドロがミリーの指をいじくった。「結婚するまで街に住んだこともなかったんだから。そのうえ、動揺していた。ぼくのせいで」

「あなたに責任はないわ。カージャックにあったのは、わたしが車のドアをロックしていなかったせいよ。わたしが育った場所では、窓を開けて走るし、人も乗せてあげるから」

「きみは疑うことを知らないんだ。もっと気をつけるように教えてやらなかった自分に腹が立つよ」

「あなたのせいじゃないわ」ミリーは声を荒らげた。

「それだって、あなたにふさわしくない女性だっていう証拠にすぎないのよ」

「どうしてそんな結論が出る？　だが、そのことはあとで話し合おう。その前に、何が起きたか最後まで話してくれ」

「もうぜんぶ話したわ」ミリーは肩をすくめた。

「しばらく入院していたの」

「なぜ病院から連絡がなかったんだろう?」

「最初は身元がわかるものを持っていなかったし、そのあとは……」ミリーは言葉を切った。「連絡しないように頼んだから」

レアンドロはその告白を聞いて、信じられないというようにすうっと息を吐いた。「どうしてそんなことを頼んだ? いや、答えなくていい」疲れた声で言う。「きみはぼくがお姉さんと浮気したと思っていたんだったな」

「わたしたちの結婚は終わったと思っていたわ」

「ミリー、ぼくたちは三カ月も一緒にいなかったんだ。きみに飽きるはずがないだろう。きみが背中を向けて眠るようになるまで、ぼくたちはいつも一緒にいて、うまくいっていたじゃないか」

「最初のうちはすばらしかったわ。でも、すぐにあなたは働きづめになった。ニューヨークや東京へ飛んでいって、わたしを連れていこうとしなかった」

「きみがそばにいると集中できなかったからだ」レアンドロが吐き捨てるように言った。

ミリーは驚いてレアンドロを見つめた。そんなふうには考えたこともなかった。「嘘《うそ》でしょう」

「嘘だって? どんな理由があると思っていたんだ?」

「わたしのほかに何人も女性がいるんじゃないかと思ってたのよ」

レアンドロが口元をこわばらせ、ミリーの手を離してしなやかな身のこなしで立ちあがった。「お姉さんとの一件が起こる前に、ぼくが何か疑いを持たせるようなことをしたか?」

「出会ったとき、あなたは三十二歳で、お金持ちで、ハンサムで、独身だったわ。たくさんの女性たちと関係があって、その人たちはわたしとはまるで違っていた」

レアンドロは両腕を大きく広げた。「それで何かわかるのか？」

「ええ。あなたがわたしと結婚したのは間違いだったってことが」

レアンドロは両手を髪に突っ込んだ。「ぼくがきみと結婚した理由を、ほかには何も思いつかないのか？」

ミリーはちょっと肩をすくめた。「わたしがバージンだったからよ。あなたは考え方が古くて、バージンが好きだった」

レアンドロの笑い声にはあたたかみがなかった。

「ああ、そのとおり。それは認めるよ。だが、出会って何時間もしないうちにバージンを奪ったんだから、それがきみと結婚した理由にはならない」

「だれだって間違いは犯すわ。あなただってね」ミリーはプールの静かな水面を見つめた。「結局、わたしはあなたが必要としているような妻にはなれなかったんだもの」

「ぼくが必要としているような妻だって？　それはどういう意味だ？」荒々しい口調で言って、レアンドロはまたミリーの隣に腰をおろした。ミリーの顎の下に手を入れて、顔を仰向ける。「ぼくが結婚した女性はきみだ。ぼくが必要としていた女性はきみだったんだ」

「違うわ」ミリーは目に涙をためて首を振った。「わたしじゃなかったのよ、レアンドロ。わたしはあなたが必要としていた妻じゃなかった。結婚してすぐわかったの。ハネムーンから戻って、わたしはあなたに連れてこられた生活のなかに飛び込んだ。それまであなたと過ごした時間だけでは、そこで何を求められるかなんてわからなかった」

「求められるものなどなかったさ」

「いいえ、たっぷりあったわ」まだ目に涙を光らせて、ミリーはレアンドロの手から顔を離した。「あなたはレアンドロ・ディミトリアスなのよ。世界一セクシーな男性。あなたがだれと結婚したのか、みんなが知りたがっていたわ。そして、みんなが意見を言いたがった」

「みんなというのはだれだ？　記者たちのことを言っているのか？」

「記者も。でも、ほとんどはあなたのお友だちよ」

「きみはぼくの妻だったんだぞ」レアンドロは歯ぎしりした。「きみのことをだれがどう思おうと、そんなことはどうでもいい」

「でも、わたしは違う」ミリーははっきり言った。「わたしはあなたのようにはいかないの。太っているだとか、くせっ毛だとか言われたら、気になるのよ。あなたの昔の恋人たちみたいな格好をしていないと言われたら悩むのよ。彼女たちのおかげで、わたしはあなたにぜんぜんふさわしくないってことに気づいたの」

レアンドロが喉の奥で低くうなった。「ぼくの判断がいちばんだとは考えなかったんだな？」

「あなたの昔の恋人の一人に会ったわ」ミリーは口元をゆがめてほほえんだ。「その人、とても適切な意見を言ってくれたの。彼女があなたをつかまえておけなかったのに、どうしてわたしにつかまえておけるのかって」

「いつ会った？」

「ロンドンに来て初めての週のチャリティー・パーティーよ。ちょうど彼女と一緒に、鏡の前に立っていたときだったわ」ミリーは唇を噛《か》んだ。「彼女にそう言われて、自分が着てるものを見て、それから彼女が着てるものを見たの。そうしたら、彼女の言ってる意味がわかって、服を変えなければいけないと思えた。それで、みんなのファッションを観察したり、家に雑誌を買って帰ったり、買い物に行ったり――」

「服に取りつかれたみたいになったのか。知らなかったよ」レアンドロはやさしくミリーの手をさすった。「突然、買い物の喜びに目覚めたんだと思っていた」

「買い物の喜びですって?」ミリーはうつろな笑い声をあげた。「買い物なんて大嫌い。すてきな服を手に入れるのが楽しくないわけじゃないわ。でも、何を着ても批判されるとわかってたらどう? 世のなかには数えきれないくらいの服があるのよ。どれを着ればいいかなんて、わからない。わかるのは、出かけるたびにじろじろ見られるってことだけ。いつだって変な格好をしている気分になるのよ」

「どうして何も話してくれなかった?」

ミリーは疲れた声で言った。「あなたはわたしといるとすごくいらいらするようになったから、それがおかしな格好をしている証拠に思えたの」

レアンドロはギリシア語で何かつぶやいて額を揉《も》んだ。しわがれ声で言う。「お互いに誤解していたんだな。きみがおかしな格好をしているなんて考えたこともなかった。きみがそんなふうに感じていたなんて知らなかったよ」

「そんなとき姉から電話があって、ロンドンで泊まるところが必要だと言われたの。あなたはいつも出かけてたし、姉なら話を聞いて、アドバイスをしてくれると思った。姉さんはいつも力になってくれたから」ミリーは打ち明けた。「わたしはもうわけがわからなくなっていたのよ。自信をなくして、何かを着るたびに、何を言われるか考えるようになっていた」

「きみの服を気に入っているかどうか、どうしてぼくにきいてくれなかった?」

「なぜあなたのほうから言ってくれなかったの?」ミリーは問い返した。「わたしはパニックを起こしてたのに。どんな格好をしてみても、あなたがつき合った人たちと同じにはならなくて、あなたとでかけるのが苦痛だった。みんなに見られて、審査されるから」

レアンドロが小声で毒づいた。「そんなことはない」

「あるわ。あなたは他人にどう思われようとかまわないから気がつかないのよ」ミリーはレアンドロにこっそり視線を投げた。「それに、あなたは弱いところのある人間を許さない。一人にしないでと頼んだのに、大丈夫だと言われたことがあったわ。話をしなければいけない政府の高官が来ているからって、わたしを女狼《おおかみ》の群れのなかに投げ入れて餌食《えじき》にしたのよ」

レアンドロがたじろいだ。「ミリー――」

「何も言わなくていいわ。ああいうパーティーで、わたしと手をつないでいる必要はなかったんだもの。それはわかってるの。でも、二人で一緒に出かけるたびに、あなたがわたしと結婚するべきではなかった理由を十はぶつけられた。人間がどんなに意地悪くなれるかを知ってびっくりしたわ」

「だから、どうして話してくれなかったんだ？」

「あなたは仕事に夢中だった。それに、わたしにいらつきだしていたわ。わたしがぐずぐず着替えてると、腕時計をちらっと見て目を細めてみせたし、外へ出ていくと、そんな服を選んだなんて信じられないという目でわたしを見たのよ」

「そんなことを考えていたんじゃない」レアンドロがつぶやいた。「たぶん、きみはすごく変わったと考えていたんだと思う。最初に会ったとき、きみは化粧もしていなかった」

「悪かったわね！　それはチャリティー・パーティーに行ったことがなかったからよ。一年で最大の行事は村のお祭りだったのよ」

レアンドロは両手で髪をかきあげて、いらだたしげなうめき声をもらした。「ほめたんだよ、ミリー。きみはほめられているのがわからないのか？」

その口調の激しさに驚いて、ミリーは困惑してレアンドロを見つめた。「化粧もしてないというのは、自分に時間をかけてないという意味だと思ったわ」

「そうだ。だが、きみは時間をかける必要などなかった。そのままのきみが好きだったんだ。出会った日みたいなきみが」

「わたしは農園で働いていたのよ！　あなたはデザイナーズ・スーツで決めて仕事の話をしに来たのに、わたしはほころびた古いジーンズをはいて、父のおさがりのTシャツを着ていたわ」

「でも、きみがすばらしい脚をしているのはわかった。それに、すばらしい笑顔も。あの瞬間に決めたんだ。毎朝、きみの笑顔を見て目覚めようとね。ぼくがなぜ農園に一泊したと思っていたんだ？」

「父の事業に投資するためでしょう」

レアンドロがゆがんだ笑みを浮かべた。「白状すると、ぼくが損をしたのは、きみのお父さんの事業に投資したときだけだ」

ミリーは驚いて笑い声をあげた。「あなたが読み違えたっていうの？」

「いや。数字を見せてもらった瞬間に、大失敗に終わるとわかった。ぼくは事業に投資したんじゃない。きみに投資したんだ」

「新しい仕事を始めると言って、父はすごく興奮していたのよ。そのことについては、父に代わってお礼を言うわ。でも、だからって、わたしがどんなに苦労してたか、あなたが考えてくれなかったことに変わりはない」

レアンドロがまたミリーの手を取った。「きみはこういう暮らしを気に入っていると思っていたんだ」

「わたしはあなたのお金や暮らしと結婚したんじゃゃ

ないのよ」ミリーは小さな声で言った。「あなたと結婚したの。でも、あなたと出かけると、顔にカメラを突きつけられたり、みんなに批判されたりして気が休まらなかった。たしかにわたしはお化粧もしていなかった。そういう人間はあなたの世界では生きていけない。雑誌でもさんざんけなされたわ。最初、太っていると書かれたと思ったら、次は間違いだらけのファッションをしていると書かれて」

「どうしてそんなものを読んだ？」

「役に立つかもしれないと思って」ミリーは唇を噛んでから言った。「あなたが自慢できる妻になりたかったの。チャリティー・パーティーの最中に、なんであんな女と結婚したんだろうなんて考えてほしくなかった」

「そんなことを考えたことはない」

「本当に？」ミリーの笑みは弱々しかった。「わたしにはわからないわ。わかるのは、だんだん泥沼にはまって、あなたの前で服を脱ぐ自信を持てなくなったってことだけ。あなたと愛し合うと考えるのもいやになった。だって、あなたは心のなかでいやがってるにちがいないと思ったから」

レアンドロが立ちあがってプールに顔を向けた。「それなのに、ぼくは何も気づかなかった。どう考えても大ばかだな」

「いいえ。あなたはわたしとは違う人種なのよ。だから、当然だと思ってただけ。あなたが今までつき合った人たちは、何を着ればいいかだとか、どんなヘアスタイルにすればいいかだとか、どのくらいの体重なら許されるかってことを知っていたから」

「そんなルールをだれが決めた？」

「世のなかよ。わたしはあなたに恥をかかせないように必死だったの」

レアンドロがくるっと振り向いて、とげとげしく言った。「そんなふうに感じていると、どうして話してくれなかった？」

「わたしたちのあいだには、言葉では解決できない基本的な問題があったのよ」

「一人でそんな結論を出したのか？」怒りでこわばった声だった。

「ええ。あなたは人生のすべてに完璧《かんぺき》を求める人だわ」ミリーは静かに言った。「でも、わたしはとうてい完璧とはいえなかった、だから不安だったのに、事件で傷ができてますます不安になった。それがわからないの？」

「わかるのは、ぼくたちのあいだには口に出さなかったことがありすぎたということだ。ぼくがお姉さんと一緒にいるのを見て、浮気しているとすぐに決めつけた理由がやっと理解できたよ」薄暗がりのなかで、低い声が荒々しく響いた。「そんなに自信がなかったのなら、ぼくがきみに誠実だと思うはずがない。まるで、ぼくは浮気するものだと初めからあきらめていたみたいだ。それで、ぼくはきみよりお姉さんのほうが好きだと思い込んだんだろう」

思い違いをしていたのだろうか？　ミリーの頭のなかに、いま初めて疑いが入り込んできた。「あなたとわたしより、あなたと姉のほうがカップルとしてずっと自然だったわ」でも、そうではなかったの？「あのとき、姉とそうならなかったとしても、結局はそうなったのよ。どこかの女性が現われて、あなたの目を引いた。わたしたちは一緒になる運命じゃなかったのよ、レアンドロ」ミリーはローブをいっそう強く体に引き寄せた。「事件があって、そう思い知ったの」

「きみは決めつけてばかりいるね」

「だって、あのときあなたはわたしを追いかけてくれなかったでしょう？」レアンドロの手のなかからそっと手を引き抜いて、ミリーは立ちあがった。

「わたしがほしかったら、捜しだしたはずよ。あなたはほしいものを追いかける人だもの。でも、わたしを追いかけてはこなかった」頭のなかにどんな疑いが入り込んでいたとしても、その事実だけはたしかだった。「もう寝るわ。あなたがどうしたいかは、明日の朝話し合いましょう。一つお願いしてもいい?」

レアンドロが口元をこわばらせた。「ああ」

「あなたはきっと離婚したくなる。それは仕方ないと思うの。だけど、コスタスの親権はもらえる? 姉の遺書になんて書いてあったとしても、あなたには優秀な弁護士がいるんだし、わたしは肉親なのよ。だから、考えてみて」そしてミリーは背を向けて、別荘のなかへ戻った。

9

レアンドロは客用寝室の入口に立って、シルクの上掛けで覆われた痩《や》せた体を見つめていた。その姿は死へ向かって這《は》い進む動物を思い起こさせた。ミリーは眠っていない。このぼくのせいで傷ついている。

一枚の絵には最初に目にしたときより深い意味があるものだと、ミリーに話したのではなかったか? それなのに、当の本人がひと目見ただけで判断を下していた。

理由はわかっていた。どんなに認めたくなくてもぼく自身の過去が現在に影響を与えていたのだ。ミリーが出ていったとき、その過去が思いだされて……。

なじみのない罪悪感につかみかかられたが、後悔してもいまの状況は修復できないとわかっていたので、レアンドロはそれを振り払った。

口に出さなかった言葉が多すぎた。沈んだ気分でそう考えて静かにドアを閉め、ミリーのほうへ歩いていく。靴ははいていなかったので足音はしなかったが、ミリーの肩が身を守るようにすくむのを見て、気づかれているのはわかった。

「きみには数えきれないほど何度も背中を向けられたよ。だが、もうそんなことはさせない」

「出てって、レアンドロ」ミリーの声は枕《まくら》に埋もれてくぐもっていた。

「あやまるのは得意ではないんだ」レアンドロはそう打ち明けて、ミリーがますます縮こまるのを見て顔をしかめた。「だが、きみにはどうしてもあやまらなければならない」

「あなたが正直だからって、あやまる必要はないのよ。まともな男性なら、わたしを魅力的だとは思わないわ」

ミリーを魅力的だと思えないから、あやまろうとしていると考えているのか？

そんなふうに解釈されたことに驚いて、レアンドロは返す言葉を見つけようとしたが、何を言っても信じてもらえないだろうと判断した。

言葉で説明するのはやめて、ミリーの隣に横たわる。ミリーが身をすくめて離れようとしたので、腰をしっかりつかんでその動きを阻止した。身を守ろうとして硬直した体を引き寄せると、震えているのがわかった。怖がっているのだ。

このぼくを？　それとも拒絶されるのを？

卑怯《ひきょう》な方法だったが、腕力の差を利用して、ミリーを仰向けにして覆いかぶさり、その体をシーツに押さえつけた。

「どうして……ほうっておいてくれないの……レアンドロ？」ミリーがとぎれとぎれの嘆願をした。レアンドロは濡《ぬ》れてくしゃくしゃになった髪を顔からそっと払いのけた。

「ほうっておこうとしたよ」レアンドロは低い声で言った。「それが最大の間違いだった」部屋はプールから差し込む光に照らされていたので、ミリーの体の輪郭を見わけることはできたが、目のなかに浮かんでいるものが何かはわからなかった。ベッドサイドの明かりをつけようかと考えたが、それは賢い方法ではないと判断する。この闇《やみ》が役に立ってくれるかもしれない。それに、明かりをつければ、ミリーの苦悩を目の当たりにして、これ以上先に進めなくなることもわかっていた。

「やめて、レアンドロ」ミリーが体を動かそうとしてささやいた。

レアンドロはその嘆願を唇で封じた。反論を封じるための攻撃は、すぐに官能を刺激する喜びに変わった。いちだんと濃密なキスをしながら、どうしてこのすばらしい味を忘れていられたのだろうと考える。

ミリーは苺《いちご》と夏の太陽と蜂蜜《はちみつ》と緑の牧草の味がした。そして、何より清らかな味が。ミリーの気持ちがこれほど傷つきやすくなっているときに卑怯かもしれないというつまらない考えをわきへ押しやって、欲望をかきたてる技を駆使する。やがて、要求に応《こた》えてミリーの唇が開いた。

キスをしたまま片手で上掛けをめくり、そろそろとローブのベルトをゆるめる。ベルトをはずした瞬間、ミリーの体がこわばった。

片腕が振りあげられたので、手首をつかんで頭の上へ引きあげ、そっと押さえつける。ミリーが自由になろうと身をよじると、その無意識の動きがレアンドロの血をたぎらせた。もう片方の腕も上げさせ、ミリーの頭の上で両腕を一緒にして片手で押さえる。

　喉もとに唇を当てて舌で探ると、どくどくと脈打つ鼓動が感じられた。ミリーの口から低いうめきがもれ、その声は拒絶するようにも後押しするようにも聞こえた。ローブの前をそっと開いて、やわらかな胸の丸みをあらわにする。

　ミリーが腕を抜こうとしたので、手首を押さえている手に力を込め、豊かな胸の先端を口に含んだ。ミリーの背中が反射的にそり返り、下半身が情熱のあかしに触れる。その甘い誘いには乗らずに、ミリーにのしかかって全身をベッドに押さえつけ、うずきを解放しようとする試みを阻止した。

　胸の先端を舌でゆっくりとなぞりながら、わななくている平らな腹部を片手でなでるうちに、指に傷跡が当たった。ゆっくりとやさしく傷跡をたどって下へ進み、今度は両脚のつけ根で手を止める。そこにもまた傷跡があった。その傷跡も指で探索してから、体の位置をずらして、求めているものに触れられるようにする。

　指の下で、彼を求めて腰がかすかに動くのが感じ取れた。また唇を重ねて手を動かし、濡れた茂みにたどり着く。やさしくなでるとミリーの息遣いが乱れ、大胆な指づかいで濃密な探索を続けると、それはうめき声に変わった。そこはあたたかく、なめらかだった。たっぷりと時間をかけ、経験で培ったあらゆる技を駆使して、体の抑制がきかなくなるところまで攻めたてる。差し迫ったうめき声がレアンドロの欲望を直撃し、触れているだけでは満足できなくなった。ミリーのすべてを味わいたくなった。

　唇を離して見おろしたが、ミリーの表情は見えなかった。押さえつけていた手を離しても、ミリーは動かずに頭上に両手を伸ばしたままだった。

　レアンドロは感じやすくなって震えている体の上を滑りおり、やさしく太腿を開いた。抵抗されると予想していたが、ミリーは目を閉じてなすがままになっている。頭をさげてそこに口づけすると、低いあえぎがもれた。太腿をつかんで動きを封じ、容赦なく甘美な責め苦を与える。あいまいだった反応は、すぐに切迫したものに変わった。部屋のなかに叫びが満ちても、レアンドロは攻撃をゆるめず、深みに指を差し入れた。そのなめらかな感触に自制心を失いそうになったが、そのまま手と口を使い続けた。やがて、レアンドロの体のなかで興奮が悲鳴をあげたとき、ミリーの両手が肩をつかんだ。

「ああ、お願い……」訴えはそこでとぎれたが、それで充分だった。レアンドロはミリーにのしかかり、ヒップを持ちあげた。「レアンドロ……」ミリーの腰が突きだされ、情熱のあかしを包み込んだ。甘美な責め苦がいちだんと強まる。レアンドロは両肘を突いて体重を支え、熱く締まった場所へゆっくりと入っていった。

　ミリーの開いた口からあえぎがもれた。

「レアンドロ……」

「力を抜いて、愛する人《アガピ・ム》」レアンドロはミリーの唇をそっとかじって、なだめたりじらしたりした。反応が感じられても動かずにいると、ミリーが腰を動かして、ためらいがちな誘いをかけはじめた。

　レアンドロは意志の力を振り絞って自制心を保ち、ミリーのためらいがかなぐり捨てられるのを待った。

　ミリーが苦しげな声で名前を呼んでもまだ動かずにいると、その声にすすり泣きがまじり、太腿に太腿がこすりつけられた。そのときになってようやくレアンドロは動きだし、今度はなめらかで繊細な秘密の場所に奥深くまで迎え入れられた。

　レアンドロの頭のなかに真っ赤な霧がかかって、はっきりものを考えられなくなる。ミリーの太腿に片手をすべらせて両脚を巻きつけるように促してから、体勢を整えて決定的な一撃を加えた。ミリーの口から低いあえぎが引きだされた。

リズミカルな攻撃を繰りだすたびに低いうめきはだんだんと大きくなり、ミリーの体から抑制が解き放たれるのがわかった。レアンドロも快楽の園のなかでついに抑制を失い、ミリーと共に身を焼きこがす恍惚《こうこつ》感のなかへ落ちていった。そこから二人でいっきに駆けのぼると、クライマックスはもうすぐそこにあった。

レアンドロの頭のなかがからっぽになり、このうえなくすばらしいひとときのなかですべてを忘れた。この女性とのあいだに生みだされる、驚くほどの相性のよさ以外は。

熱く激しい体の反応がやっと静まったとき、レアンドロは二つのことに気づいた。ミリーがもう戦いを挑んでいないこと。そして、情熱のあかしにまだ力がみなぎっていることに。

選択肢は二つあった。

身を引いてミリーを眠らせてやるか、この体が求めるままに行動するか。

暗闇のなかでかすかに口元をゆるめ、レアンドロは心を決めた。


ミリーはバスルームの鏡に映った自分の顔を見つめた。髪はくしゃくしゃで、頬が赤く染まっている。それも無理はなかった。夜明けまで彼に愛されたのだから。

トラウザー・パンツをはき、シンプルなTシャツを着て、テラスへ出ていく。

レアンドロは朝食用のテーブルに向かって、両脚を伸ばしてゆったりと椅子に腰かけ、新聞の経済面に目を据えていた。ブロンズ色の手の横に、空のコーヒーカップが置いてある。シャワーを浴びたばかりの黒っぽい髪はまだ濡れていた。

ミリーが咳払《せきばら》いをすると、レアンドロが目を上げた。その顔に自信に満ちた笑みがゆっくりと広がるのを見て、引っぱたいてやりたくなった。

征服者のレアンドロ。ミリーはみじめな気持ちで考えた。相手に魅力を感じていなくても、女性とベッドを共にできる男。

「おはよう《カリメーラ》」レアンドロはギリシア語でミリーを迎えた。「気分はどうだい?」

「お気遣いなく。ありがとう」

そのとたんレアンドロが目を細め、新聞をたたんでわきに置いた。「今朝はあんまりご機嫌がよくなさそうだな」ミリーの目をじっと見つめて、そばに控えていたメイドたちにギリシア語で何か伝える。メイドたちがテラスから消えて二人きりになると、穏やかな口調で言った。「これでよし。もう邪魔者はいない。何を考えているのか話してくれ」

「あなたの知りたくないことよ」

「いや」低い声で言う。「知りたいね。もう秘密はなしだ。忘れたのか?」

「わかったわ」ミリーは椅子の背をつかんだ。いらいらしていて、レアンドロと一緒に座ることなど考えられなかった。「本当に知りたいならね。わたしが考えているのは、あなたみたいに残酷で無神経な人には、いままで会ったことがないってことよ」

黒っぽい目が呆然《ぼうぜん》とミリーの目をとらえた。「またその話か。その興味深い意見を思いついたのは、現実に戻ってからだろうね。ゆうべ、ベッドで裸で泣いていたときには、そんなことは頭をよぎらなかったはずだ」

「そんな言い方しないで!」頬がかっと熱くなって、ミリーはレアンドロの熱いまなざしから目をそらした。彼の瞳を見つめたまま会話を続けることなどできなかったのだ。「あなたは謝罪の仕方は知らないのに、セックスの仕方は知っているのね」

「謝罪のセックスだったと思っているのか?」

「もう一つのほうより、そう考えたほうがましだわ」

「もう一つって？」

「同情のセックスよ。そのほうが、謝罪のためのセックスよりずっと悪いもの」

「気の毒に思って、きみを愛したと考えているのか？　解剖学的に言って、〝同情のセックス〟などというものが男にできるのかどうかわからないね」

感情を欠いた言い方のせいで、そのせりふはますますミリーの胸にこたえた。「あなたの性的な欲求に問題がないことはよくわかっているわ。でも、そのあなたでさえ、暗いところでなければ務めを果たせなかったじゃない」

「務めを果たす？」レアンドロがミリーの言葉を強調して繰り返し、片方の眉をつりあげた。

ミリーはこんな会話を始めなければよかったと思いながら、汗ばんだ手のひらをトラウザー・パンツにこすりつけた。「あれは愛をかわしたんじゃないわ。あなたの目的を果たしたと言ったほうが近いでしょうね。最高の恋人だっていう評判の男として、挑戦意欲をかきたてられたの？　それとも、お別れのプレゼントのつもりだった？　何か言うことはある？」

「きみの不安の根深さを甘く見ていたよ」レアンドロがナプキンをテーブルに置いて立ちあがった。

その目のなかの光を見て、ミリーはあとずさった。しかし、レアンドロのほうがすばやかった。手首をつかまれて振り払おうとしたが、胸に引き寄せられた。「放して。何をする気？」

「ゆうべのは同情のセックスだと考えているんだろう？　暗いところでなければ、ぼくは務めを果たせなかったと」レアンドロはミリーを抱きあげてテラスを横ぎった。「ここは暗くない。だから、きみの意見が正しいかどうか検証してみようじゃないか」

「おろして、レアンドロ」

レアンドロは手近な寝椅子にミリーを座らせた。

「おろしたよ」喉の奥から低く危険な声を響かせて、トラウザー・パンツのボタンをはずす。

ミリーは驚いてはっと息をのみ、トラウザー・パンツをつかんだが遅すぎた。パンツはすでにテラスに投げ捨てられ、Tシャツが脱がされていた。「やめて、レアンドロ。何を考えてるの？」

「きみはたまらなくセクシーだとね」レアンドロがうなるように言ってブラジャーの留め金をはずし、ショーツをいっきに引きおろした。

ミリーは裸の体に照りつける強い日差しが気になってたまらず、逃げようとしたが、目に危険な光を宿らせたレアンドロにしっかりつかまれて動けなかった。「もう隠れられないよ、アガピ・ム。ロープも暗い部屋もない。太陽の光の下で愛し合うんだ。そうすればきみにも真実がわかる。ぼくがその気になれるかどうか知りたいんだろう？　それを確かめてみようじゃないか」

「やめて」ミリーは膝を抱えて体を隠そうとしたが、両脚を片手で押さえつけられた。レアンドロのもう片方の手がズボンのジッパーをおろす。

「ぼくがその気になれなくて困っているように見えるか、アガピ・ム？」レアンドロは目を光らせてズボンを脱ぎ、引き締まったブロンズ色の体をあらわにした。その気になっているブロンズ色の体を。

そして、ミリーをそっと寝椅子に押し倒すと、しなやかな身のこなしでのしかかった。

ミリーは敏感になった胸のふくらみに胸毛が軽く触れるのを感じた。情熱のあかしがむきだしの太腿に軽く触れて、はっと息をのむ。

「これが同情だと思うか？」レアンドロが大胆に腰を動かしたので、ミリーは顔をそむけた。ふいに爆発した興奮の火花に焼き尽くされてしまったことが、あまりに屈辱的だったからだ。

「やめて、レアンドロ……」

「なぜだ？　きみに同情して務めを果たしていると思っているからか？　もうわかっていると思うが、ぼくは他人のために何かをしたりしない。自分のことしか考えない。自分のために何かをするんだ」レアンドロは荒っぽい口調で言ってミリーの手を引っぱり、それを自分の情熱のあかしに押し当てた。「これは同情とは言わない。目的を果たすのでもない。愛し合うと言うんだ」ミリーの顔を両手ではさんで唇を近づける。「わかったか？」

「レアンドロ――」

「きみがほしい。ずっとほしかったし、これからもその気持ちは変わらない」レアンドロはミリーのうなじをつかんで、視線をとらえた。「ちゃんと聞いているのか？」

ミリーは情熱のあかしに手を触れたまま、レアンドロの激しく燃える目を見つめた。下半身で煮えたぎる欲求以外のことはすべて忘れ去られる。

レアンドロがミリーの腰の下に手を差し入れて、くぐもった声で言った。「きみの体には傷がある。だが、それでもきみの体であることに変わりはない。いつかきみがぼくの子どもを産んだら、妊娠線ができるかもしれない。それでも、やはりきみの体であることに変わりはないんだ。そして、ぼくが求めているのはきみの体だ。ほかの女性の体ではない」

子どもですって？　いまのはレアンドロの言葉なの？　ミリーの頭がくらくらして、心臓がどきどき鳴りだした。考える力が消えてしまわないうちに、なんとかしてレアンドロの言葉を思いだそうとする。

そのとき、いきなり彼が入ってきた。ミリーは考えるのをあきらめた。体のなかの感触が、脳裏から筋道の通った考えを追いだしてしまったからだ。ふいの侵略に声をたてようとしたが、レアンドロに口をふさがれた。腰をつかまれ、さらに深くまで侵略される。今回は時間をかけた愛撫《あいぶ》はなく、生々しい欲望を見せつけられていた。

レアンドロがミリーの髪に手を差し入れて、やっと話ができるくらいに唇を離した。「ぼくを感じるか、ミリー？」そう口元でうなり、さらに深くまで高まりを打ち込む。「きみのなかにぼくを感じるか？」

ミリーはすすり泣きながらレアンドロの名前を呼び、背中に爪を立てた。侵略されて、息もつけないほど体が敏感になっている。これほどの欲望を感じたことはなかった。

レアンドロが息を切らしながらミリーの下唇をそっと噛《か》み、そこを舌でなでた。「きみはすばらしいよ」しゃがれ声でささやいて、少し腰を引く。

ミリーはぱっと目を見開いた。「いや……」

「何が？」レアンドロが意地の悪い笑みをゆっくりと浮かべて、また少し腰を引いた。

「レアンドロ……」

レアンドロはしばらくのあいだミリーを苦しみの縁に置き去りにしたあと、また深みへすべり込んできた。その動きで、わななないているミリーの全身に興奮の波がびりびりと駆け抜けた。

「これは同情のセックスではない」レアンドロがささやいてミリーの腰を持ちあげた。「情熱のセックスだ、アガピ・ム。それを、きみとぼくはわかち合っているんだ。感じるか？」

ミリーは口をきくことができなかった。レアンドロが生みだす喜びを受けとめようと、体が突き進んでいく。甘美なひとときのなかで視線が絡み合い、二人の結びつきは信じられないほど親密になった。ミリーのなかのすべてが砕け散り、欲望が爆発して震動が起こる。その爆発はあまりに激しくて、息もできないほどだった。暴れまわる飢えた獣のように全身を引き裂く興奮の波のなかで、ミリーはふいにレアンドロの体がこわばるのを感じ、彼と一緒にめくるめく喜びの頂にのぼりつめていった。

しばらくのあいだ、ミリーは沈黙のなかに呆然と横たわっていた。頭がまったく働かない。脚に焼けつく強い日ざしと、レアンドロのざらざらした太腿がぼんやりと感じ取れる。遠くでモーターボートの音がして、突然、二人が裸でいることに気づいた。

「レアンドロ……」だれかに見られるのではないかという恐怖にかられて、ミリーはレアンドロのむきだしの肩を押しのけた。「ここにいちゃだめよ」

「どうして?」いかにもくつろいだ態度でレアンドロが片肘を突いて上半身を起こし、ふさふさした黒っぽいまつげの奥からミリーを観察した。「何をあわてているんだ?」

「メイドたちが……」

「ぼくたちが二人きりでいるテラスに近づくような勇気のあるメイドはいないよ」レアンドロはミリーの開いた唇に長々とキスをした。

「でも、だれかが朝食の後片づけをしに来たら?」

「首にしてやる」レアンドロはミリーの頬にキスした。「気を楽にしろよ」

けれども、気を楽にすることなどできなかった。

「コスタスのようすを見に行かなくちゃ」

「ベビーシッターがついているよ。忘れたのか? それに、目を覚ましていたら、モニターから声が聞こえたはずだ」

「壊れていたらどうするの? とにかく服を着なくちゃ」

「きみは体を隠したいだけだろう。だが、そうはさせない」

「あなたが裸でも落ち着いていられるのは、すばらしい体をしてるからよ」

「それはどうも」レアンドロは笑い声をあげて、ミリーの顔を両手で包み込んだ。「きみだってすばらしい体をしている。たったいま、それを証明してやったと思っていたがね」

ミリーは唇を噛んでから、ためらいがちに笑みを浮かべた。「本当にコスタスを見に行きたいの。シャワーを浴びて着替えるわ」

レアンドロはため息をつき、ミリーの口元に唇を寄せてささやいた。「それなら行けよ。ぼくもすぐに行く」

二人のあいだに起きたことのせいで、ミリーの気持ちは千々に乱れていた。レアンドロから身を引き離して、ぎこちなくテラスを横ぎって寝室へ戻る。

バスルームに入ってドアに鍵《かぎ》をかけ、シャワーの蛇口を開いた。レアンドロにとっていまの出来事はどんな意味があったのだろう？　何を証明したというの？　ゆうべは罪悪感からわたしを抱いたのだと思い込んでいたが、いまではよくわからない。まだうずいている体にシャワーを浴びせてから、コットンのロングスカートとキャミソールに着替えた。髪にドライヤーをかけるのは、コスタスが目を覚ましてぐずっているといけないので、やめることにする。

急いで子供部屋へ向かっていたとき、楽しそうに喉を鳴らして笑う声が聞こえた。部屋へ入ると、コスタスはレアンドロの腕に抱かれていた。

レアンドロが赤ん坊にどんなにやさしく接しているかを眺めているうちに、ミリーの胸が熱くなった。

レアンドロはギリシア語でそっと赤ん坊に話しかけてから、目を上げた。「ほら、美人のご登場だ」コスタスの頭のてっぺんにキスをしてからミリーに渡す。「ご機嫌だろう」

ミリーは赤ん坊を受け取った。腕にあたたかくてどっしりした重みが感じられる。「おむつを替えなくちゃ」

レアンドロが物憂げに言った。「それはぼくの専門外だ。ベビーシッターを呼ぼうか？」

「おむつぐらい替えられるわ」ミリーは床に敷いたマットにコスタスを寝かせた。レアンドロのまなざしから逃れる理由ができたことにほっとして、喜んで脚をばたばたさせている赤ん坊にやさしくささやきかける。「この人はわたしがおむつも替えられないと思ってるのよ」

「どうしてベッドの上でしないんだ？」

「ころげ落ちるかもしれないでしょう」ミリーは手際よくおむつを替えて、赤ん坊を胸に抱きあげた。

「朝食の時間よ」

「テラスでミルクをやればいい」レアンドロが言った。「きみに話したいことがある」

ミリーは用心深い視線を投げた。「赤ちゃんの前で話せることなの？」

レアンドロがおかしそうな顔をした。「もちろんだよ。大人たちが結婚をあきらめずに問題を解決できると知るのは、この子にとっていいことだと思うね」

一瞬、ミリーの鼓動が止まった。「そ、そんな簡単にはいかないわ。レアンドロ、あなたは現実を見ていないのよ」

レアンドロはテラスへ続くドアのほうへミリーをいざなった。「この問題に対する姿勢の違いは、ぼくたちの国の文化の違いに根ざしているのかもしれないな。イギリスの離婚率はギリシアより高い」

コスタスを抱いたまま、ミリーはため息をついて朝食が並べられたテーブルのほうへ歩いていった。

「いまのわたしたちの関係のなかで、文化の違いはいちばん小さい問題だわ」

レアンドロは振り向いて、自信たっぷりの笑みを浮かべた。「問題は解決するためにあるんだ。心から望めば、問題は乗り越えられる。ぼくたちの結婚生活がうまくいくことを、きみはどのくらい望んでいる？」

どのくらい？　ミリーはレアンドロの目のなかの揺るぎのない自信にとらわれて、心臓がどきどきした。「おおいに望んでいるわ。でも――」

「でも？」レアンドロは最後まで言い終えるのを待ってさえいなかった。「さっきのことをどう思っているんだ？」

「わからないの。あなたの原始的な部分が暴走したのかしら」

レアンドロの目の光を見て、ミリーの鼓動がまた激しくなった。赤ん坊を抱いていてよかったと思いながらあとずさる。「コスタスにミルクをあげなくちゃ」

「そんな言い訳で逃げられると考えているなら、きみはぼくをわかっていない。ぼくはこれからくわしく調べるつもりなんだよ、アガピ・ム」

その目に紛れもない欲望の光が宿っているのを見て、ミリーの息遣いがせわしくなった。「何を？」

レアンドロが顔中に笑みを広げて、満足そうな声を出した。「ぼくたちの関係をさ」

〝きみの体を〟と言われると予期していたことを気づかれているとわかって、ミリーは歯を食いしばった。

そのとき、レアンドロの手が肩をつかみ、口が耳もとに近づいた。「きみが考えているものもだ」

やわらかな声でそうささやかれて、ミリーは頬を真っ赤に染めた。「今日はもう充分に調べたはずよ」

「いや、まだ調べはじめてもいない」レアンドロはミリーのためにテーブルから椅子を引き、赤ん坊に必要なものがそろっているかどうか確認した。それから、向かいの椅子に腰かけてコーヒーを注いだ。

「それが言いたかったの？」この会話の結末が予測されて、ミリーは紙やすりで心をこすられたように感じ、料理をわきに押しやった。気を紛らわせようと、赤ん坊の口に哺乳瓶《ほにゅうびん》の乳首をすべり込ませる。赤ん坊が唇をきゅっと閉じてミルクを吸いだしたのを見て、顔がほころんだ。

「きみも何か食べろよ。この蜂蜜は友人が作ったものでね。おいしいんだ」

「おなかはすいてないわ」

「食べなければ、無理にでも食べさせるぞ」レアンドロはふざけて言ったが、警告するように目を光らせた。「ゆうべも食べなかったじゃないか。きみは一年前の事件のことを話せば、ぼくに拒絶されると覚悟していた。けれど、そうはならなかった。そうだろう、ミリー？　きみはまだここに座っている。そうだから、もう食欲をなくす理由はないんだ」

「何も変わっていないのよ、レアンドロ」ミリーは黄金色のとろっとした蜂蜜がヨーグルトにかけられるのを見ていた。「わたしたちのあいだには、まだ問題があるわ」

「そうか。それならその問題を検討しよう。心配するのは体に悪いからな。とにかく、何か口に入れてくれないか？　このペストリーはおいしいぞ」

ミリーは首を振った。レアンドロの落ち着いた態度がうらやましかった。「あなたはストレスを感じないの？」

「なんでストレスを感じる？」レアンドロはコーヒーを飲んで、カップをソーサーに戻した。「美しい島で美しい女性とくつろいでいるんだ。それでストレスを感じたら頭がどうかしている」

ミリーは少しのあいだ目を閉じた。「それなら、セックスですべてが解決するふりをするつもり？」

「いや、そんなつもりはない。はっきりさせておきたいんだが、ゆうべ暗い場所できみを愛したのは、きみがひどく動揺していたからだ。これでも気を遣ったつもりだったんだが……」ばつが悪そうに笑う。

「きみは、どうしてぼくが暗い場所で愛し合おうとしたと思っているんだ?」

ミリーは赤ん坊の口に入れた哺乳瓶の角度を直してから、ためらいがちに答えた。「それは、わたしの体を見たくなかったからよ。暗い場所でなら平気だと思ったんでしょう。その……」言葉がとぎれる。

レアンドロの目がせせら笑うように光って、ミリーが声に出さなかった推測に異議を申したてた。

「でも、間違っていただろう?」

どんなに間違っていたかを思いだして、ミリーの口のなかがからからになった。「そうみたいね」

レアンドロは頭のなかで明らかに同じ記憶に浸っているらしく、男っぽい笑みをゆっくりと浮かべた。

「すばらしかった」

ミリーは目をそむけた。そうじゃないか?」「でも、なんの解決にもならなかったわ」

「いや、なったよ」低い声でそう言って、レアンドロはテーブルの向こうからミリーの手を取った。

「おかげで、きみのことがよくわかった」

「単純な女だって?」

「単純?」レアンドロが空疎な笑い声をあげた。「きみほど複雑な女性は知らないね。わかりにくくて、ひねくれていて、考えていることを話さない。その考えというのも、他人に吹き込まれた考えだ。それがこの話し合いのいちばん重要な点だよ」

「何が?」

「きみの自信のなさだ。きみがいつも言っているとおり、ぼくたちは出会ってすぐ結婚した」レアンドロが顔をしかめた。「時間をかけて、きみのことをちゃんと知ろうとしなかった。それがぼくの最初の間違いだ。あのときは、互いの体しか目に入っていなかったんだと思う」

「そうね。結婚生活は……」ミリーは赤ん坊に目をやって、声をひそめて言った。「それだけでは成りたたないのよ。体だけでは通じ合えない」

「ぼくはそうは思わないね」レアンドロがまっすぐに視線を向けた。「体は気持ちを正直に表わすと思う。ハネムーンのあいだ、きみはいつもぼくを求めていた。情熱的で奔放だった。ぼくに背中を向けて眠るようになったとき、きみに話をさせるべきだったんだ。それなのに、そっとしておいた。そのあげく、きみはぼくがきみよりお姉さんのほうを好きだと思い込んだ。そうだろう？」

「ええ」ミリーは嘘《うそ》をつかずに答えた。「ベッカは美人でセンスがよくて頭の回転も速かったわ。苦労しなくても、何を着るかとか、何をしゃべるかとかいうことをちゃんとわかっていた」

「それで、ぼくがお姉さんと一緒にいるのを見て、よく考えもしないで思ったんだな。ぼくがそうなった理由はよくわかる、と」

ミリーの心臓がどきっとした。レアンドロに対して不公平な見方をしていたのだろうか？　その疑いが胸のなかでだんだんと大きくなった。「さあ、どうかしら。とにかく、もう何もかも忘れたいの」

レアンドロはしばらく口元をこわばらせていたが、やがてテーブルからふくらんだ封筒を取りあげてミリーに渡した。「きみにやるよ」

「なんなの？」ミリーは袋のなかに手を入れて、数枚のディスクを引っぱりだした。「何？」

「あの日プールで起きたことを録画したディスクだ」レアンドロが身を乗りだした。「それでぼくが事実を話していると証明される」

「証拠を持っていたの？」

「うちには高性能のセキュリティ・システムを備えてあってね」

「でも、いままで見せてくれなかったわ」

レアンドロはためらってから低い声で言った。「理由は二つある。第一に、妻は信じてくれるという理想主義的な望みを持っていたからだ。第二に、きみの姉さんがしたことをこの手で暴きたくなかった。いまになってこうするのは、きみがどんなに不安でいるかわかったからだよ。きみにそんな気持ちでいてもらいたくない」

心臓をどきどきさせながら、ミリーは困惑してレアンドロを見つめた。「それじゃあ、夫に罪はなくて、姉に罪があったということが、これで証明されるの？」

「ああ」

事実を知りたいという気持ちに負けまいとして、ミリーはコンパクト・ディスクをいじくった。「ベッカはわたしの力になるために泊まりに来てくれたと思ってたのに。目当てはあなただったのね？」

「そう考えなければならないと思う」

ミリーは唇を噛んで、コンパクト・ディスクを封筒に戻した。「今度はわたしがあやまらなくちゃいけないわね」

「見ないのか？」

「ええ」ミリーは封筒をなでた。「あなたを信じるわ。心のどこかでずっとあなたを信じてたんだと思う。でも、あなたを信じるってことは、ベッカを……」言葉がとぎれた。

レアンドロが重苦しいため息をついた。「わかるよ。すまない」

「ベッカはわたしの家族だったの。信じていた人だったわ」ミリーはレアンドロの目を見つめた。そこには黒い影が浮かんでいた。「なんなの？　ベッカを信じていたなんてばかだと思ってるの？」

「いや」レアンドロの口調は荒っぽかった。「家族を信じるのは当然だよ。ただ……」低い声で何かつぶやいて、ふいに立ちあがる。「もういい。すべてすんだことだ」

ミリーはレアンドロを見あげて、何を考えているのだろうと頭のなかで思った。「レアンドロ……」

「あの一件は忘れてほしい」

「それでも、現実は変わらないわ。あなたが必要としているのは、豪華なパーティーでそばに寄り添っている妻なのよ。ハリウッドの名士や政治家や実業家を相手にしても堂々としている妻なの」

「ぼくにはそういうことをすべてできる妻がいる。その妻がたった一つできないのは、自分を信じることなんだ」レアンドロがテーブル越しにミリーの手を取った。「だが、これからは変わるよ」

「現実的になって。あの女優が言ったとおり、わたしはあなたのタイプじゃないの」

「彼女はきみの自信を打ち砕こうとしたんだ」ミリーの手を握った指に力がこもる。「敵の戦略にはまるつもりか?」

「そうみたいね」ミリーは弱々しい笑みを浮かべた。

「鏡を見て、彼女よりきれいだと言えると思う? 幻覚でも起きないかぎり無理よ」

レアンドロが遠慮がちに控えていたメイドを差し招くと、彼女は急いでやってきて、ミリーの腕からコスタスを慎重に取りあげた。

「この子に道を踏みはずさせたくないのでね。この先はここにいてもらいたくないんだ」レアンドロは立ちあがり、口元に笑みを浮かべて、ミリーをなれなれしく抱き寄せた。「きみは自分の力に気づいていないのかい?」

彼の情熱のあかしが触れるのを感じて、ミリーは信じられない思いでレアンドロを見つめた。「まだ満足してないのね」

「ああ、きみが相手だとね。きみがぼくに火をつけるんだ」レアンドロはそうささやいて、ミリーの唇に唇を寄せた。「ぼくはいつもきみがほしくなる。今度きれいでないと感じたら、そのことを思いだしてくれ」

「それでどうなるの?」

「きみはきみらしくあることを学ぶんだ。他人の期待に応えるために行動するのはもうやめろ。きみがきみでいることが、そんなにむずかしいか？」

「それであなたが恥ずかしい思いをしたら？」

レアンドロは口元をゆるめた。「そんなことにはならない。きみはきれいでゴージャスでやさしい女性だ。これから何週間かかけて、きみが自分を信じられるようにしてみせるよ」

ミリーは思った。永遠にギリシアにいられるなら、二人の関係はうまくいくかもしれない。けれども、レアンドロの生活はこの素朴でなごやかな島よりもずっと大きな街にあるのだ。

そこに戻ったときには、どうなるのだろう？

10

素朴でなごやかな生活はそれから三週間続いた。

「この子、お昼寝が大好きなのよ。本当によく眠っているわ」ミリーはコスタスをベビーベッドに寝かせて、部屋の入口で待っているレアンドロのところへ忍び足で近づいていった。

レアンドロはポロシャツにショート・パンツというカジュアルな服装をしていた。黒っぽい髪が日差しを受けて輝いている。「きみはあの子の扱いがとてもうまいな。自分の子でもない赤ん坊に尽くして、実に心が広いよ」

ミリーはレアンドロの視線を痛いほど感じた。

「あの子は姉の分身だもの」

レアンドロはミリーの手を取ってテラスを横ぎり、庭を通り抜けてビーチへおりる小道へ連れていった。

「きみはお姉さんに少しも似ていない」

「それはよくわかってるわ。両親にいつもそう言われていたの」

レアンドロが眉をひそめてミリーを見おろした。

「へえ」

「仕方ないのよ。わたしは両親が自慢できる娘じゃなかったから。数学のテストでトップになったこともないし、モデルみたいな顔や体をしていないし」

「そんなことが重要なのかい？」

「優等生になるにはね。だれかにベッカを紹介するとき、ママは優越感で顔を輝かせてたわ。〝うちの娘ですの。トップモデルなんですけど、ケンブリッジで数学の学位も取ったんですよ〟それから、ママはわたしを振り返って言うのよ。〝これがもう一人の娘です。ミリーは勉強が好きなタイプではなくて〟って」

「どうりできみが自信を持てないわけだ。だが、これからは変わるさ」小道をおりきると、レアンドロはミリーの手を握っていた手に力を込めた。「もう不安は感じないはずだ」そうささやいて、ミリーの顔を両手ではさんでキスをする。「この三週間、話をしては愛し合ってばかりいたんだからね」

「わたしみたいに幸運な人間はいないでしょうね」ミリーは心から言って、レアンドロの首に両腕を巻きつけた。

レアンドロは欲望をかきたてる仕草で、ミリーの唇を親指でこすってから、その手を取って桟橋へ連れていった。

ミリーは流線型のモーターボートを見つめた。

「あれに乗るの？」

「ああ」レアンドロはミリーに手を貸してボートに乗せ、桟橋につないであったロープをほどいた。そして、しなやかな身のこなしでデッキに飛び乗ると、いつもの冷静で自信に満ちた態度で舵《かじ》を取った。

ボートが浅い湾内から出て、波の上を飛んでいく。ミリーはそのスピードに息もつけず、シートにしがみついた。

まったく男っていうのは。胸のなかでそう考える。髪が顔に吹きつけ、波しぶきで頬がひりひりした。

レアンドロはそのままスピードを上げ、やがて近くの島に到着するとエンジンを切って、水中に錨《いかり》を投げた。

「いまの半分のスピードでもよかったわね」

「そうすれば、時間が倍かかる」レアンドロは悪びれたようすもなくそう言って、身をかがめてミリーの手にキスをした。「ぐずぐずするのは嫌いなんだ」

「知ってるわ」ミリーは浜辺に目をやった。「ここで降りるの?」

「降りたいなら、あとで降りよう。その前にこれを着てくれ」レアンドロは薄っぺらい箱をミリーに手わたした。箱の隅に控えめにロゴが入っている。

それがトップデザイナーのロゴであることに、ミリーは気づいた。「水着ならいらないわ。ここはプライベート・ビーチじゃないでしょう? だれかに見られるかもしれないもの」

「何も隠す必要はないじゃないか。きみはすてきだよ」

「うしろから見ればね」

「ああ、うしろから見れば。それに、前から見てもだ」レアンドロはそう言ってショート・パンツを脱ぎ、引き締まった腹部と強靭《きょうじん》な太腿をあらわにした。「ギリシアの海に来ているにしては、きみは厚着しすぎている。とにかく箱を開けてくれ」

「いったいどこで手に入れたの? 一度も買い物に出ていないのに」

レアンドロが弁明するように両腕を広げた。「わかった。白状するよ。自分で買ってきたわけではないんだ。電話をかけて、配達してもらった」

ミリーは箱を開けた。幾重ものやわらかな薄紙に包まれていたのは、いままで見たこともないほどセクシーなビキニだった。きらきら光るゴールドの生地が、何もつけていないように見えそうなほどちっぽけなのに気づいて、心臓がどきどきした。「だめよ、レアンドロ。こんなの、とても着られないわ」

「それを着たきみは、きっと刺激的だよ」レアンドロは落ち着いた態度でTシャツを脱いで、がっしりしたブロンズ色の肩をあらわにした。「きみが着替えるのを見物させてもらうよ」

「レアンドロったら」ミリーはあわてて言って、つるつるとなめらかな生地をぎゅっとつかんだ。「ワンピースの水着なら、なんとか着られたわ。でも、ビキニは着られない。だって……」

「傷があるからか。それは知っている」レアンドロは平静だった。

そのぶんミリーは動揺していた。「わたしがどんなに人目を気にしているか、あなたにはわからないのよ」

「ちゃんとわかっているよ。だから、きみはどんなものを着ているときも、信じられないほどセクシーだと教えてやろうとしているんだ」レアンドロの声はしゃがれていた。「それに、着ていないときも、着替えているときもね」

ミリーは両手に持ったビキニを見つめた。「でも、やっぱりビキニは着られない」

「あと十秒で着替えなければ、ぼくが着替えさせるぞ」レアンドロが物柔らかな口調で警告する。

「わたしは人目を避けたいだけなのに、あなたはそれを許してくれないのね。この三週間、真昼間にわたしを愛したり、水着であちこち歩かせたりして。そのあげく、今度はこれ？」

レアンドロがあてつけがましく腕時計に目をやった。「あと一秒だ。自分で着替えるか？　ぼくに着替えさせるか？」

ミリーはレアンドロをにらみつけると、きちんとたたんだタオルを一枚取りあげて、ボートの向こう端に避難した。レアンドロはわざと意地の悪い態度をとっているのだろうか？　いらいらしながら体をくねらせてちっぽけなビキニを身につけ、つかつかともとの場所へ戻る。「これでご満足？」

レアンドロの視線がミリーの体を伝いおりた。

「すばらしいよ」

ミリーは反論しようと口を開いたが、近づいてきたレアンドロに抱き締められて唇を奪われた。そのキスが生みだした熱が体をとかし、頭の働きを止めた。人目を気にするのを忘れ、自分がきれいで魅惑的な女性になったように感じた。

ようやくレアンドロが頭をあげた。「どうだい、自信のほどは？」

ミリーはしぶしぶ笑みを返した。「取り戻せたわ」

「よかった。明日はロンドンへ戻るからな」

ミリーは胸に一撃を食らったように感じた。「どうして？」

レアンドロはミリーの顔から髪を払いのけた。「長いあいだ留守にしていたから、処理しなければならない仕事があるんだ。それに、明日の夜はきみと一緒に出席するパーティーがある」

「明日？」ミリーは体をこわばらせた。「どうしてもっと早く教えてくれなかったの？」

「きみの神経をぼろぼろにしたくなかったんだよ」

「パーティーにはだれが来るの？」

「ぼくさ」レアンドロはミリーを離して舷側《げんそく》に立った。「きみの人生で大切な人間はぼくだけだろう？」

そんな傲慢《ごうまん》な発言をしてから、引き締まったブロンズ色の体をひるがえして海のなかへ飛び込む。

ミリーは歯がゆい思いでその姿を見つめた。この会話にけりをつけるには、あとを追うしかない。

飛び込めばちっぽけなビキニに別れを告げることになるのはわかりきっていたので、船尾からさがるはしごを使うほうを選んだ。

冷たい水のなかにすべり込んで、レアンドロを追って泳ぐ。

この三週間で自信は千倍にもふくらんでいたが、本当にもとの生活に戻る覚悟はできているかしら？

ミリーは空を見あげた。空は完璧《かんぺき》な青ではなく、灰色の雲で覆われていた。

そして、夜半には雨になった。

二十四時間後にはミリーはロンドンに戻って、ほんの三週間で人生はがらりと変わったと考えていた。

鏡を見つめても、明かりを消したいとは思わなくなったのだ。三週間レアンドロに大切にされて過ごせば、自分は美しいと感じないわけがなかった。今夜は彼と二人でレッドカーペットの上を歩く予定なので、美しいと感じていられるのはありがたかった。

新しく手に入れた自信を試すために、自分で選んだドレスを着て、くせっ毛はそのまま垂らしておくことに決めた。胸もとを飾るハート形のダイヤモンドのペンダントは、結婚式の日にレアンドロからもらったものだ。

靴に足を入れたとき、レアンドロがドレッシングルームにふらっと入ってきた。テイラードのディナー・ジャケットを着た姿に、ミリーは目をみはった。会場にいる女性たちがみんな彼を見つめるだろうと思うと、胸が痛んでため息が出る。

「何を考えている？」

「あなたがそんなに魅力的でなければいいのにと思って」ミリーはさらっと言った。「そうすれば女性たちがあなたに見とれることも、わたしが不安になることもないかもしれない」

「この三週間、あんなふうに過ごしたんだ。もうエネルギーは残っていないよ。だから、心配する理由はない」レアンドロはそう請け合うと、ミリーを促して寝室から出て、階段をおりて廊下を進んだ。

「きれいだよ」

「そう言ってもらえるとうれしいわ」ミリーは周囲にメイドたちがいるのも忘れて、レアンドロの首に両腕を巻きつけた。

レアンドロが顔をほころばせて唇を近づける。

「それならもう一度言おう。きれいだ」

ミリーがレアンドロから体を離して玄関ドアへ向かいかけたとき、彼に引きとめられた。

「待ってくれ。きみに渡すものがある」レアンドロはポケットに手を突っ込み、黒くて細長い箱を取りだした。それを開けて、細いダイヤモンドのブレスレットを掲げてみせる。


ミリーは息をのんで、両手を口に当てた。「レアンドロ、嘘《うそ》でしょう……」

「嘘じゃない」レアンドロはミリーの手首にブレスレットをつけてから、うしろにさがって目を細めた。

「ぴったりだよ」

ミリーがレアンドロに両肩をつかまれて体の向きを変えると、玄関の鏡に映った自分の姿を見ることができた。

クリーム色の肌にダイヤモンドが輝いている。手を上げてうやうやしくブレスレットに触れて言う。

「襲われるかもしれないわ」

レアンドロが口もとをこわばらせて、ミリーを引き寄せた。「二度と襲われたりしないよ。ぼくがきみを守る」

ふたりは豪奢《ごうしゃ》な車の後部座席に乗り込んだ。

会場の前に着くと、レアンドロがミリーに注意した。「マスコミが来ている。笑顔でいろよ」

ミリーは言いつけを守り、笑顔でレッドカーペットを歩いて会場に入った。カメラに笑顔を向け、招待客たちに笑顔を向けて。

こんなに自信を持てたのは初めてだと感じながら、レアンドロにも感謝の笑顔を向ける。「楽しいわ」

「それはよかった」レアンドロの焼けつくようなまなざしが胸の谷間にとまった。「ぼくはだめだ。きみを家へ連れて帰りたくてたまらない」

ミリーはワイングラスを手に取り、自分が夫に影響を与えるという感覚を楽しんだ。二人のあいだで興奮が徐々に高まり、レアンドロがもう帰ろうと言ったときには、お互いにほしくてたまらなくなっていた。

ふたりは車のなかでキスをした。

しかし、自宅が近づいてきたとき、記者たちが門の前に群がっているのに気づいて、ミリーの心は沈んだ。

「ここで何をしているのかしら？　わたしたちへの興味はなくしたと思ってたのに」

「無視しよう」レアンドロが顔をしかめて運転手にギリシア語で指示すると、車はスピードを出して網目のような街路を走りぬけ、屋敷の裏手に止まった。

「この秘密の入口、大好きよ」ミリーはくすくす笑って、ドレスの裾《すそ》を引きずらないように持ちあげた。「すごく空想的だわ」

「それに役に立つ」レアンドロはそう言ったが、何かに気を取られているようすだった。「さあ、なかへ入ろう」

ふたりは明らかに動揺しているようすの家政婦に迎えられた。「ああ、お帰りになられてよかった、ミスター・ディミトリアス。まったく、どうしてあんなことを書けるんでしょう？　恥というものを知らないんでしょうか？」嘆きをあらわにして、せわしなくまばたきをする。「新聞はみんなお部屋にお持ちしてあります。記者たちが大声をあげてノックしていましたが、玄関には出ておりません。自分の家で安心して暮らせないなんて、こんな情けないことはありませんわ」

レアンドロはひと言も発せずに、背を向けて居間へ入っていった。

ミリーは鉛の靴をはいているように感じながら、そのあとを追って居間へ入り、ドアを閉めた。心臓がどきどきして、恐怖で吐き気がする。

見なくても、また新聞に酷評されたのだとわかった。でも、どうやって？　写真を撮られたのはほんの数時間前だ。

レアンドロは新聞の山のいちばん上から一部を取りあげて、紙面に目を走らせた。精悍《せいかん》な顔の表情を変えずにそれをわきにほうりだし、次の新聞を取りあげる。

ミリーはおそるおそる読み捨てられた新聞を取りあげた。あのハリウッド女優の写真が一面に載り、魅力たっぷりにほほえみかけていた。見出しに〝愛するレアンドロ——ギリシアの大物との忘れられない一夜〟と書かれている。

手から新聞が落ちた。

口のなかがからからに乾き、両手が震えている。それなのに、ミリーはどういうわけかレアンドロがほうりだした新聞をまた取りあげていた。今度は記事を読む。

「あの人、あなたと過ごした夜のことをくわしく説明しているわ」

「想像力が旺盛《おうせい》だな。ほうっておこう。くだらない記事ばかりだ」レアンドロは事もなげに言って最後の新聞を取りあげたが、目を通すうちに顔色を変えた。怒りで唇を引き結び、すぐに新聞を閉じる。

ミリーは手を伸ばしてそれをつかんだ。心のなかの自虐的な部分が記事を見たがっていた。

「やめろ！」レアンドロが足を踏みだして新聞を取り戻した。

しかし、その前にミリーはビキニを着た自分の写真を見ていた。「そんな、どうして？」

「あの島の近くにカメラマンを送り込んでいたんだろう」レアンドロは髪のなかに指を突っ込み、謝罪の色を浮かべた目をちらっと向けた。「ぼくのせいだ。ぼくがあのビキニを着せた」

「近くにカメラマンがいたなんて、あなたにはわからなかったわ」ミリーはヒステリックな笑い声をあげた。「どこにいたのかしら？　イルカの背中にでも乗っていたの？」

レアンドロは蝶《ちょう》ネクタイをほどき、シャツのいちばん上のボタンをはずした。「本当にすまない。すぐに弁護士と話すよ。何かしてもらえることがあるかもしれない」

「もう、どうしようもないわ」ミリーは傷跡をクローズアップした写真を見つめた。それから、最新作の映画からとられた女優の写真を見つめた。非情にも並べられた二枚の写真を目にして、息もできなくなる。「もうもとには戻せないわ、レアンドロ。それに、わたしとハリウッド女優を比較したからって責められない。見過ごすには惜しいねたよ。そうでしょう？　いまごろ、イギリスじゅうの人たちがわたしと同じ質問をしてるわ。どうしてあなたはわたしを選んだのかって」よろよろとドアのほうへ向かう。「コスタスのようすを見てこないと」

「ミリー――」

「ごめんなさい、これ以上この話はできないわ。一人になって、頭をはっきりさせる時間が必要なの」

レアンドロに引きとめる暇を与えずに、ミリーは居間から飛びだして子供部屋に逃げ込んだ。プライバシーを侵害されたという感覚は、最初に傷をつけられたときの残忍な襲撃よりたちが悪かった。

国じゅうのだれもが、あの私的な写真をじろじろ眺めて批評するだろう。

ミリーの悲しみに同情するように、コスタスは手がつけられないほどの激しさで泣いていた。ミリーはベビーシッターをベッドのそばからどかせて、赤ん坊を抱きあげた。なつかしいぬくもりに心が慰められる。

「大丈夫よ」そうささやく。「わたしが来たから」

「申し訳ありません」ベビーシッターがあやまった。

「わたしではどうにもならなくて。今夜はずっと体が熱っぽくて、ご機嫌が悪かったんです」

「わかったわ。わたしがついている」ミリーが赤ん坊の額に触れると、燃えるように熱かった。「あなたは休んで。みんなで起きていても仕方ないもの」

「奥さまが着替えるあいだ残っていましょうか？ 赤ちゃんにそのドレスを台なしにされたくはないでしょうから」

ベビーシッターの同情するようなまなざしから、新聞記事のことを知っているのがわかった。ミリーは顔を真っ赤にした。人に同情されていると思うのがいやだったのだ。「ドレスはどうなってもかまわないわ。あなたは休んでちょうだい。ありがとう」

若い娘は少しためらったあと、静かに子供部屋を出ていった。

ミリーは椅子に座ってコスタスを膝にのせた。しばらく赤ん坊と一緒に部屋に閉じこもれてうれしかった。さもなければ、レアンドロと顔を合わさなければならない。まだそれはできなかった。

その前に考えを整理する必要がある。

「大変なのよ。どんなに大変なことになっているか、あなたにはわからないでしょうね。どうして、みんな人の不幸を読みたがるのかしら？ わたしはもう二度と新聞は買わないわ。ガーデニング雑誌を読むことにする。ガーデニング雑誌はだれも傷つけないもの」

おしゃべりにつき合わされて疲れたように、コスタスは何度かしゃっくりをしてから、ミリーの肩にもたれて眠りについた。

赤ん坊を注意深くベビーベッドに寝かせると、ミリーはその顔をじっと見おろした。黒いまつげや髪を見つめているうちに、胃がむかむかしはじめる。

ゴシップはやむことがない。

お金のためにレアンドロのゴシップを売ったり、ミリーの欠点をあげつらって笑い物にしたりする人間は必ずいるだろう。レアンドロとベッドをともにした経験を、話したがる女性は必ず出てくるだろう。

ミリーはベビーベッドのそばに椅子を引っぱってきて腰をおろした。みじめだった。

それから三十分間、眠っている赤ん坊を見守り、熱を測ったり寝息に耳を傾けたりして過ごした。

レアンドロは書斎に立っていた。電話で弁護士と話しおえたときには、緊張は最高レベルに達していた。目の前には新聞が散らばっている。ふだんならそんな新聞は読みもしなかっただろうが、今回、餌《え》食《じき》にされたのはこの自分ではない。ミリーだ。それに、きょう新聞に載れば、来週は芸能雑誌がこのねたを取りあげ、噂《うわさ》がどんどん広がるのはわかっていた。

ミリーの自信がガラスのようにもろいことを考えると、何かを殴りつけたくなった。ミリーがこんなふうに人目にさらされるのはフェアではない。彼女はあんなにもデリケートなのに。

ミリーがいまどこにいるかわからなかったが、山のような不安のなかで縮こまり、二人の関係はうまくいかないと確信しているのではないかと思えた。

レアンドロは唇を引き結んだ。

もしかしたらミリーの言ったとおりなのかもしれ

ない。二人はうまくいかない可能性もある。いったいだれが、こんなことに耐える生活を望むだろう？

いらだちを抑えられなくなって、レアンドロは階段をのぼって最上階へ行き、ドアを押し開けて屋上テラスに出た。

ここにはカメラはない。見ている者もいない。心をなだめる音をたてて水を噴きあげる噴水と、植物のにおいと、暗闇《くらやみ》と、この頭のなかの考えしかなかった。

バルコニーへぶらぶら歩いていくと、そこからロンドンの街並みが見わたせた。

これまでマスコミに押しかけられても気にしなかった。しかし、いまは……。

ミリーがあんな写真を撮られてしまう状況に追い込んだのはこの自分だと思うと、罪悪感が胸を引き裂いた。

マスコミはレアンドロの人生に興味を持ち、カメラマンたちがいつも写真を撮ろうと待ちかまえている。今回のカメラマンからミリーを守れたとしても、次回は守りきれなかったかもしれない。

そして、記者たちが悪意のある記事を書くたびに、ミリーの自信は少しずつ削り取られるのだ。

マスコミに負けないためには面の皮が厚くなければいけないのに、ミリーの肌は薔薇《ばら》の花びらのように繊細だった。

眼下の庭から轟《とどろ》いてきた車のエンジン音も聞き流して、レアンドロは考え事に没頭した。

ミリーがずたずたにされる前にこの屋敷から出して、彼女に興味を持つ者のいない場所で生活させたほうがいいのだろうか？

レアンドロは思い悩みながら家のなかへ戻った。そして、階段をおりたところで、不安そうに顔をこわばらせた家政婦とぶつかった。

「今度はなんだ？　また新聞記者たちが押しかけて

きたんじゃないだろうな？」みぞおちが差し込むのを感じながら、レアンドロは荒々しく尋ねた。

「奥さまが出ていかれました」家政婦が言った。「旦那《だんな》さまの車に乗って、猛スピードで私道から出ていかれたんです」

ミリーが出ていった？

さっきエンジン音がしたのを思いだして、レアンドロは口元をこわばらせた。「セキュリティ・チームの者があとを追っていかなかったのか？」

しかし、家政婦のぎょっとした顔を見なくても、答えはわかった。

ミリーが動揺していたのを知っていながら、請われるままに一人にさせた。いまはそれが悔やまれた。彼女を一人にするべきではなかった。

ミリーが直面しているかもしれない危険を考えて、緊張が高まる。ミリーはハイエナのように飢えた記者たちの群れから守ってもらえず、ロンドンの街に一人きりでいるのだ。運転で命を落とす危険のある国際都市で、高性能のスポーツカーにたった一人で乗っている。

レアンドロは険しい表情で書斎へ向かった。そこで警備部長に連絡して指示を与え、それから気を紛らわすために酒の力を借りた。

しかし、三杯目を飲みおえたときには、アルコールではごまかせない痛みがあることに気づいて、飲むのをやめて目を閉じた。

ミリーは疲れきってレアンドロの書斎のドアを開けた。

レアンドロは椅子に両脚を投げだして座っていた。黒っぽい髪はくしゃくしゃに乱れ、シャツには皺《しわ》が寄って、顎は短く伸びたひげで黒っぽくなっている。

「レアンドロ？」低い声でためらいがちに呼ぶと、レアンドロが目を開けてミリーを見た。

そして、うつろな笑い声をあげた。「何を忘れていったんだ?」

奇妙な質問だと思いながら、ミリーは暗い笑みを浮かべた。「何もかもよ」家のなかのほかの人たちを起こしたくなかったので、そっとドアを閉める。

「何も持たないで家を飛びだしたから」

「知っているよ。家政婦がきみが出ていく音を聞いたと言っていた」

「驚いたでしょう?」

「どうして驚く? きみが動揺していたのは知っていたし、それは理解できた。理解できないのは、どうして戻ってきたかだ」

ミリーはテーブルに置かれた酒のボトルと空のグラスに目をとめた。「何を言っているの?」困惑しながらも、レアンドロの顔に疲れが皺になって刻まれているのに気づいた。レアンドロが疲れているところなど見たことがなかった。いつもエネルギーとスタミナにあふれていた。それが、いまは力を使いはたしたように見える。「なんで戻ってこないと思ったの?」

「どう考えてもそうだろう」レアンドロがうなるように言ってグラスを口元に運んだが、空だと気づいてテーブルに戻した。

ミリーはいらいらしてレアンドロを見つめた。「意味がわからないわ。それに、なんで酔っ払っているの? 心配してると思ったのに。でも、何も気にすることはなかったのよ」

「気にするさ」レアンドロは荒々しい口調で言った。「気にしないわけがないだろう?」

ミリーは眉をひそめた。少しとげのある言い方だと思えた。「でも、お医者さまにはわかるみたいで――」

「医者だって?」

「お医者さまのところへ、コスタスを連れていったの」ミリーはおずおずとレアンドロを見つめた。

「そこまでしなくてもよかったかもしれないけど、命の危険があるんじゃないかと考えたら、心配でたまらなくて。あなたを捜したけど、どこにもいなかったわ。今夜は大変だったのよ。だから、あなただってもう少し思いやりを見せてくれたっていいじゃない」理解のないレアンドロの対応に傷ついて背を向ける。「もう寝るわ。コスタスの部屋でね。あの子の世話をする必要が生じるかもしれないから」

「ちょっと待ってくれ」レアンドロが噛《か》みつくように言った。「いったいなんの話だ？　どうして医者へ行った？」

「今夜何があったか、本当にわからな……」疲れすぎてまともにものを考えることができなくなっていたミリーは、ようやく質問の裏にひそむ意味に気づいた。「あなた、まさかわたしが……」

「ああ」レアンドロがそっと言った。「そうだ」

ミリーの心臓がどきどき鳴りだした。「どうしてそう思ったの？」

「そんな質問をする必要があるのか？　ぼくがあの女優と浮気した記事と、きみが肌を露出した写真が新聞にあふれ返っていて、最後に見たとき、きみは動揺していたんだぞ」

ミリーはレアンドロに近づいて、手を差しだした。

「携帯電話を貸して」

「持っていないよ」レアンドロの声はかすかに嘲《あざけ》るようで、口元に皮肉っぽい笑みが浮かんでいた。「きみが基本ルールを決めてから、どこに置いたかよく忘れるようになってね」

「そう、たまたま携帯電話を持ってもらいたかったときにかぎって、あなたは持っていないのね」ミリーは身をかがめて、レアンドロのデスクの上のファイルや書類をかきまわし、書類の山の下から携帯電話を捜しだした。「あったわ」レアンドロに突きつける。「機械はぜんぜんだめなの。電源を入れて」

レアンドロが電源を入れる。

ミリーは腕を組んだ。「次は録音メッセージを再生して。スピーカーでね」

好奇心に満ちた視線を投げて、レアンドロがメッセージを再生した。

ミリーはスピーカーから流れる自分の声に耳を傾けた。〝レアンドロ、どこにいるの？ コスタスの具合が悪くて、病院に連れていかなくちゃならないの。車を借りるわ。このメッセージを聞いたら電話をちょうだい〟

ミリーは両眉を上げて、レアンドロの手から携帯電話を取りあげた。「わたしたちの子どもが生まれたら、あなたももう少し力になってくれないとね。わたしはだめなの。あなたがそばにいて何も心配ないと言ってくれないと。ねえ、どうしたの？ 何か言って」

自分の鼓動が聞こえそうなほど、張りつめた沈黙が長いあいだ続いた。

レアンドロがやっと口を開いたとき、その声はしわがれていた。「ぼくたちの子どもだって？」

「ええ、そうよ。わたし、妊娠したの」ミリーはかすかな笑みを浮かべた。「驚くことはないでしょう。この三週間、愛し合ってばかりいたんだから」

レアンドロがすうっと息を吸った。「それで、きみは戻ってきたのか？」

「出ていったわけじゃないもの」ミリーは低い声で言った。「動揺しなかったとは言わない。でも、ベビーベッドに寝てるコスタスを見ながら考えたのよ。あの女優はあなたには痩《や》せすぎだって。あなたは骨が突きでた女性は嫌いでしょう。それに、忘れているみたいだけど、わたしだってあの夜あそこにいたのよ。あなたにはねつけられて、彼女、怒ってたわ。だから、あなたを傷つけたかったのよ」

「ぼくが傷つくのは、きみが傷つけられたときだけだ」レアンドロがしわがれた声で言って、首を振った。「なんで笑っているんだ？　ぼくがみじめな思いをしているのを見てうれしいのか？」

「違うわ」ミリーはそっと言った。「あなたがわたしに夢中なのを見て、うれしいの」

レアンドロの目がミリーの目をとらえた。「急にずいぶん自信家になったものだな」

「愛し、愛されていればそうなるわ」ミリーは肩をすくめて、レアンドロの膝に腰かけた。そして、彼の肩に頭をあずけた。「わたしがあなたを置いて出ていかないことはわかっていたはずよ」

「家政婦がきみが車で出ていくのを見たと言ったんだ」

ミリーはきちんと座り直して説明した。「コスタスが熱を出したから心配で、抱いてようすを見ていたの。そうしたら突然ぐったりして。もう怖くて、どうしたらいいかわからなかった……」

「なぜぼくを捜さなかった？」

「捜したわ！　でも、あなたはこの部屋にいなかった。家じゅう走りまわってあなたの名前を呼んだのに、この家が広すぎて見つからなかったのよ」

「屋上テラスへ出ていたんだ。新鮮な空気を吸いたくて」

「そう、よりによってあんなときにね。あんまりよ」ミリーはレアンドロのシャツで覆われた胸を拳《こぶし》で叩《たた》いた。「どうしちゃったっていうの？　こんなあなた見たことないわ。次に何をしたらいいかわかってないみたい。いつもどうすればいいか知ってるのに」

レアンドロはミリーの髪のなかに手を差し入れた。「いつもというわけではないよ。今夜はきみを永遠に失ってしまったと思って、どうすればいいかわからなかった。最初は、きみを捜して引き戻そうと思ったんだ。だが、愛するきみを取材攻勢に巻き込むのはいやだった。ぼくの人生はいつもこうなんだよ、ミリー。つねに金のためにぼくをマスコミに売りたがる連中がいる。きみの写真もぼくのせいだ」荒々しい口調で懺悔《ざんげ》して、手をおろす。「もっと分別を持っていたら、きみをさらし者にしないですんだのに」

「世間にどう思われても気にならないわ」ミリーはそっと言った。「気になるのは、あなたにどう思われるかってことだけよ」

レアンドロはミリーの体に両腕をまわした。「きみが最初に出ていったときは、すごく腹が立った。どんなことがあろうと、ぼくのそばにいてくれる女性だと思っていたからね。きみがどんなに不安でいるかも、ぼくの行動がきみの自信をどんなに傷つけていたかも理解していなかった。だが、いまはもうわかるよ。きみがお姉さんを信じたわけもね」

「昔からずっと、姉はわたしの力になってくれると思ってたの」ミリーは顔をしかめた。「ばかよね」

「ばかではない。寛大なんだよ。きみには人の悪い部分が見えない。それに、彼女はきみのお姉さんだったんだから、見えるはずがないんだ。あのお姉さんと一緒に育ったら、自分のすばらしさを見つけるのはむずかしいことだろう。だが、きみのすばらしさは、きみを内面から輝かせている。ぼくはきみのそういうところを愛しているんだ。きみの笑顔や、きみの価値観をね。ぼくの子かもしれない赤ん坊の世話をする覚悟をしていたところや、いろいろあったのに、いまだにお姉さんとのいい思い出をだいじにしているところを」深く息を吸う。「最初に会ったとき、干し草の山に立っていたきみの脚を見た瞬間、ぼくはきみを愛していたんだ」

「それは欲望よ。愛じゃないわ」

レアンドロの唇が挑発的に上がった。「そうかもしれない。だが、すぐに愛に変わった。だから、きみが出ていったときはすごく動揺したんだよ」ミリーの手をぎゅっとつかむ。「きみを追いかければよかった」

「もっとよくわたしを知っていたら、追いかけたかもしれないわね。それに、わたしがあなたをもっとよく知っていたら、出ていかなかったかもしれない」

「いまなら、きみがどうして出ていったか理解できるよ」レアンドロがミリーの髪のなかに手を差し入れた。「だが、あのときは、きみはぼくの母親みたいだと思っていたんだ」

ミリーは一瞬口をつぐんだ。「いままで一度もお母さんの話をしてくれなかったわね。ご家族の話をぜんぜんしてくれなかったわ」

「過去の人生はそのまま閉じ込めておこうとしていたんだ」レアンドロの声はしゃがれていた。「母は家を出ていった。ぼくが六歳のときだ。捨てられたとわかるくらいには、成長している年ごろだったよ」

「レアンドロ……」

「母はシングルマザーで、生活は苦しかった」レアンドロは肩をすくめた。「ある日、目を覚まして、足手まといになる小さな子がいなければ、人生はもっと楽かもしれないと考えたんだろう」

ミリーはなんと言えばいいかわからなかったので、身を乗りだしてレアンドロを抱き締めた。「そのあと、どこへやられたの？」

「施設に入れられたよ。だが、世話をしてくれる人になかなかなつけなかった。母親にさえ捨てられたんだ。赤の他人に捨てられないわけがないと考えていた」

「どうしていままで話してくれなかったの？」

「すべて忘れたと思っていたんだ。だが、傷が癒《い》えたわけではなかったんだな」

「でも、傷を受け入れられるようにはなるわ」ミリーはそっと言って、自分が流した塩からい涙の味を感じながら唇をレアンドロの唇に押しつけた。「わたしの傷を受け入れてくれるなら、あなたが自分の傷を受け入れられるようにしてあげる」

レアンドロがミリーの髪のなかに手を差し入れた。

「ほんとうにこんな人生を望んでいるのかい?」

「わたしが望んでいるのは、あなたと一緒に過ごす人生よ。あなたはわたしにたくさんのものをくれたわ、レアンドロ。ダイヤモンドや車や夢見たこともないような生活を。でも、あなたがくれたなかでいちばん大切なものは自尊心よ。あなたといると、わたしは特別だっていう気分になれるの」

「きみは特別だよ」レアンドロは両手でミリーの顔を包み込んだ。「いろいろなことがあったのに、お姉さんの子を引き取った」

「あなたもね」ミリーの目に涙がたまった。「自分の子ではないとわかっていたのに、コスタスを引き取ったわ。みんなにいろいろと憶測されるとわかってたのに」

「ぼくが経験したことを、コスタスに経験させたくなかったんだ」レアンドロが唇をゆがめてほほえんだ。「ぼくにとっては、それがぼく自身の治療みたいに感じられた。赤ん坊に家庭や身分を与えられたからね。ぼくが持てなかったすべてのものを。ミリー……」口ごもってから先を続ける。「この先もこの生活は変わらないよ。ぼくと一緒にいると、ぼくの悪い噂を信じさせようとする人間が必ず出てくる」

ミリーは身を乗りだしてレアンドロにキスをした。

「ちょうどいいチャンスだから、わたしも打ち明けていい? もしかしたら、あなたの弁護士のお世話にならないといけないかもしれないの」

「どうしてだ？」

ミリーはわずかに肩をすくめた。「コスタスを車に乗せたとき、すごくあわてていて……門に立てかけてあった新聞記者のバイクをうっかり壊したかもしれないの」

「それは運転の練習をする必要がありそうだな」レアンドロが目で笑いながら、片方の眉を上げた。「フェラーリが無事かどうか尋ねてもいいかい？」

ミリーはもじもじしながら答えた。「ちょっぴり塗装をし直す必要があるかもしれないわね」

レアンドロが目を閉じた。「愛も冷めるよ」

ミリーはくすくす笑って、レアンドロの首に両腕を巻きつけた。「いいえ、冷めないわ」

「ああ、そのとおりだ」レアンドロは両手でミリーの顔をはさんでキスした。「愛している よ、愛する《アガピ・》人《ム》。これからもずっと。何台のフェラーリをだめにされようと、何人の記者に訴えられようとね。きみはぼくがつき合ってきた女性たちとは違うと言うが、そのとおりだ。だからぼくはきみに夢中になったんだ。きみが違うのはすぐにわかった。きみはぼくの財産に関心がなかったし、すばらしい価値観を持っていた」

「それじゃあ、わたしが買い物中毒になったと思ったときに、あなたはがっかりしたはずね」

「責任はぼくにあったのに、きみはお金を持つのが急に楽しくなったんだと決めてかかった」

「レアンドロ、わたし、お金は好きよ」ミリーはささやいた。「好きでない人がいたら、頭がおかしいのよ。雨の日にバス乗り場の列に並ばなくていいのは、すごくありがたいわ。それに、何よりありがたいのは、働かないで、コスタスやわたしたちの子どもと一緒に家にいられることよ」

「子どもたちか」レアンドロが満足そうに言った。

「その方面では、きみをずっと忙しくさせておくつもりだよ」親密にもかばうようにも見える仕草で、ミリーの平らなおなかをなでる。「きみはすてきな母親になるよ」

ミリーはレアンドロにキスした。「コスタスのことはどうするの？　あの子が出生の秘密を抱えたまま大きくなるなんて、考えるのもいやだわ」

「弁護士たちが養子縁組の手続きを始めているよ」レアンドロが言った。「簡単にできる手続きだとはいえないが、絶対にやり遂げてみせる。ぼくたちはあの子の両親になるんだ」

「それに、犬も飼ったほうがいいわね。大型犬を二匹。記者たちに噛みつくようにしつけるの」

レアンドロが声をあげて笑った。「きみのことを誤解していたよ。きみはやさしくて親切だと思っていた」

「たいていはやさしくて親切よ。怒らせないでいればね」ミリーはにやっとした。

「自信家のきみを好きになれるかどうかわからなくなったよ」レアンドロが物憂げに言った。「きみが自分の務めをわきまえているのかどうかもね」

ミリーはレアンドロの首に両腕を巻きつけた。「わきまえているわよ、レアンドロ・ディミトリアス」

レアンドロが問いかけるように片眉を吊りあげた。「どんなふうにだい、アガピ・ム？」

「あなたのそばにいること。あなたの子どもたちを産んで、死ぬまであなたを愛し続けること。それがわたしの務めよ」

レアンドロが同意のしるしにほほえんで、ミリーにキスをした。

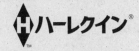

ハーレクイン・ロマンス　2010年5月刊（R-2492）

裏切りのゆくえ
2024年9月5日発行

著　者	サラ・モーガン
訳　者	木内重子（きうち　しげこ）
発行人	鈴木幸辰
発行所	株式会社ハーパーコリンズ・ジャパン 東京都千代田区大手町 1-5-1 電話 04-2951-2000（注文） 0570-008091（読者サービス係）
印刷・製本	大日本印刷株式会社 東京都新宿区市谷加賀町 1-1-1

ISBN978-4-596-77716-4 C0297

ハーレクイン・シリーズ 9月5日刊 発売中

ハーレクイン・ロマンス
愛の激しさを知る

黄金の獅子は天使を望む	アマンダ・チネッリ／児玉みずうみ 訳	R-3901
嵐の夜が授けた愛し子 《純潔のシンデレラ》	ナタリー・アンダーソン／飯塚あい 訳	R-3902
裏切りのゆくえ 《伝説の名作選》	サラ・モーガン／木内重子 訳	R-3903
愛を宿したウエイトレス 《伝説の名作選》	シャロン・ケンドリック／中村美穂 訳	R-3904

ハーレクイン・イマージュ
ピュアな思いに満たされる

声なき王の秘密の世継ぎ	エイミー・ラッタン／松島なお子 訳	I-2817
禁じられた結婚 《至福の名作選》	スーザン・フォックス／飯田冊子 訳	I-2818

ハーレクイン・マスターピース
世界に愛された作家たち
～永久不滅の銘作コレクション～

伯爵夫人の条件 《特選ペニー・ジョーダン》	ペニー・ジョーダン／井上京子 訳	MP-101

ハーレクイン・ヒストリカル・スペシャル
華やかなりし時代へ誘う

公爵の花嫁になれない家庭教師	エレノア・ウェブスター／深山ちひろ 訳	PHS-334
忘れられた婚約者	アニー・バロウズ／佐野　晶 訳	PHS-335

ハーレクイン・プレゼンツ作家シリーズ別冊
魅惑のテーマが光る
極上セレクション

カサノヴァの素顔	ミランダ・リー／片山真紀 訳	PB-392

※予告なく発売日・刊行タイトルが変更になる場合がございます。ご了承ください。

9月13日発売　ハーレクイン・シリーズ 9月20日刊

ハーレクイン・ロマンス
愛の激しさを知る

王が選んだ家なきシンデレラ	ベラ・メイソン／悠木美桜 訳	R-3905
愛を病に奪われた乙女の恋《純潔のシンデレラ》	ルーシー・キング／森　未朝 訳	R-3906
愛は忘れない《伝説の名作選》	ミシェル・リード／高田真紗子 訳	R-3907
ウェイトレスの秘密の幼子《伝説の名作選》	アビー・グリーン／東　みなみ 訳	R-3908

ハーレクイン・イマージュ
ピュアな思いに満たされる

宿した天使を隠したのは	ジェニファー・テイラー／泉　智子 訳	I-2819
ボスには言えない《至福の名作選》	キャロル・グレイス／緒川さら 訳	I-2820

ハーレクイン・マスターピース
世界に愛された作家たち
～永久不滅の銘作コレクション～

花嫁の誓い《ベティ・ニールズ・コレクション》	ベティ・ニールズ／真咲理央 訳	MP-102

ハーレクイン・プレゼンツ作家シリーズ別冊
魅惑のテーマが光る
極上セレクション

愛する人はひとり	リン・グレアム／愛甲　玲 訳	PB-393

ハーレクイン・スペシャル・アンソロジー
小さな愛のドラマを花束にして…

恋のかけらを拾い集めて《スター作家傑作選》	ヘレン・ビアンチン 他／若菜もこ 他 訳	HPA-62

文庫サイズ作品のご案内

◆ハーレクイン文庫・・・・・・・・・・・・・毎月1日刊行
◆ハーレクインSP文庫・・・・・・・・・・毎月15日刊行
◆mirabooks・・・・・・・・・・・・・・・・・毎月15日刊行

※文庫コーナーでお求めください。